わらべうた

〈童子〉時代小説傑作選

宮部みゆき／西條奈加／澤田瞳子
中島 要／梶よう子／諸田玲子
細谷正充 編

PHP
文芸文庫

○本表紙デザイン＋ロゴ＝川上成夫

わらべうた〈童子〉時代小説傑作選　目次

かどわかし

宮部みゆき

その子供は、のっけからこう言った。

「おじさん、おいらをかどわかしちゃくれないかい？」

夕暮れ時である。箕吉は土間のすぐ外に七輪を出して目刺しを焼いていた。うちわを使いながら流れる煙を目で追っているうちに、今ごろはおしまも飯の支度にかかっているだろう、しゃきしゃき立ち働いているだろうか、姑に叱られていやしまいかなどと、いつの間にかぼんやり物思いにふけってしまっていた。それだから、子供の言っていることが、すぐにはぴんとこなかった。

さっきから、見慣れない顔の子供が近くをうろうろしていると、そのことには気づいていた。箕吉はここに住み着いて長いから、その子がこの長屋の子供でも、長屋の子のところに遊びにきた子供でもないことは、顔を見るだけですぐにわかった。だいいち、ここの子供にしては身なりが良すぎる。継ぎのあたっていない着物を着て、真新しい下駄を履いているのだ。

箕吉の住まいはこの棟割長屋の一番北の端にあり、すぐ横手に井戸がある。子供はその井戸端にいて、井戸の縁に手をかけて中をのぞき込むようなふりをしたり、井桁のまわりをぐるぐる回ってみたり、釣瓶を引っ張る仕草をしたり、いろいろやりながら始終ちらちらと横目で箕吉をうかがっていた。

どの家でも夕飯の支度の時刻だから、井戸端には誰もいない。そこここの軒先で、

「まだ遊んでるのかい！　いい加減で帰っておいで！」

と、子供を叱りつけたり、

「おかえり、今日はなんだか蒸し暑いようだったね」

と、帰ってきた亭主を迎えたりするかみさん連中の声がはじけている。子供の声もかみさんの声もしないのは、箕吉の住まいだけである。

頭のなかでおしまのことを思いながらも、見知らぬ子供がそばでうろちょろしていることを、まったく気にしていなかったわけではない。井戸端で遊ぶのは危ないし、陽はもうすっかり西に傾き、空のかなたにわずかに茜色の線が一筋、明るく輝いているだけである。じきに暗くなる、早くうちへ帰んなと声をかけてやろうかなどと、うっすら考えていた。それにしてもどこの子供だろう――

と、その子が不意にとことこ近づいてきて、小さな膝に両手をあててかがみこみ、箕吉の顔をのぞきこんで、言ったのだ。おいらをかどわかしちゃくれねえか？

顔をあげ、それでなくても煙のせいでしばしばする眼を、箕吉はさらにまたたいた。子供は大真面目な顔をしている。

「あん？」と、箕吉は声をあげた。「なんだって？」

「だからさ、おいらをかどわかしておくれって言ってるんだよ」

　思わず、箕吉のうちわをあおぐ手が止まった。煙が濃くなって咳(せ)き込んだ。急いでまた手を動かしながら、ごほんごほんと笑って、子供を追い払うように顎(あご)をしゃくった。

「おじさんには、なぞなぞなんかをしてる暇はねえんだ」

「なぞなぞじゃないよ」

「うちへ帰りな。そら、もう烏(からす)もないてる」

「どこで？」と、子供は膝に手をあてたまま横着そうに空を仰いだ。「どこにも烏なんかいないよ」

　面倒な子供である。

「烏の話じゃねえよ、おめえがうちに帰るしおどきだって話だ。おめえ、どこに住んでる子だ？」

　子供はそれには答えず、さらに箕吉の方ににじり寄ってきた。

「おじさんは、畳屋の箕吉おじさんだよね」

　今度は少し本気になって、箕吉はしげしげと子供の顔を見つめた。ふと、以前にどこかでこの子を見た覚えがあるような気がしてきた。どこで見かけたろう？

「そうだよ、おじさんは箕吉だ。おめえはどこの誰だい？」

「おいら、浜町の辰美屋の小一郎」

「浜町の辰美屋？　料理屋の辰美屋さんかい？」

「そうだよ。おじさん、この前うちに畳替えにきたろう？」

子供の言うとおりである。三日ほど前、確かに浜町の辰美屋で仕事をした。辰美屋は名の知れた料理屋で、特に冬場のあんこう鍋が有名だ。身代も大きく、お店と家屋敷、家作のすべてをあわせたら三千両をくだるまいと、親方が話していたことがある。

「おめえは辰美屋の坊ちゃんなのかい？」

子供はうんとうなずいた。「おじさん、おいらの顔を覚えてないかい？　おいらはちゃんと覚えてるんだけどな。おじさんの仕事を、ずっと見てたから」

そういえば、畳替えをしているあいだ、小さな子供の姿が見え隠れしていたような気がする。この子があのときの子供なのだとしたら、さっきこの顔をどこかで見た覚えがあるように思ったのも、間違いではなかったことになる。

もう一度子供をながめまわしてみた。小さく整ったつるつるした顔で、ほっぺたがほんのりと赤い。手足もきれいだ。長屋の子供たちのように、爪の先に泥が詰まっていたりはしない。育ちがいいという証である。

名前までは知らないし、今までまともに顔をあわせたこともなかったが、辰美屋に子供がいるということは聞いていた。確かひとり息子のはずである。あととりの総領息子だ。

箕吉は急いで立ち上がり、七輪の脇を回って子供のそばに寄った。子供は膝から手を離し、箕吉の顔を仰いでいたが、彼が再びしゃがみこみ、子供と目の高さをあわせると、くりくりした目でまっすぐに見つめ返してきた。

「辰美屋さんの小一郎坊ちゃん？」

「うん、そうだってば」

「坊ちゃんが、あっしに何の御用です？」

思わず言葉が丁寧になったのは、辰美屋が箕吉の親方にとって大切な客であるからだ。筋のいい料理屋は、客を通す座敷については、年に一度、必ず畳替えをする。その店の内証の具合によって、総替えだったり表替えだけだったりいろいろだが、どちらにしても畳屋にとっては大事なお得意だ。しかも、箕吉の雇い主である上之橋の畳屋猪吾郎親方は、辰美屋とは先代から付き合いがあり、とりわけ丁重に扱っている。箕吉としても、相手がその辰美屋の子供だとなれば、いいかげんな扱いはできなかった。

「坊ちゃんひとりで来なすったんで？」

「うん」

「御用の向きはなんでしょう」

「だからさ」と、子供は小粒な歯をのぞかせて笑顔になった。「さっきから言ってるよ、おいらをかどわかしてほしいんだ」

「かどわかすってえと……うちまで送ってほしいんですかい？」

道に迷ってひとりで帰れなくなったのか。

「ちがうよ。おじさん、知らないの？」子供は焦れたように足をとんとん踏んだ。

「かどわかすんだよ。さらうんだよ」

いや、箕吉だって「かどわかす」がどんな意味合いの言葉なのか知っている。知っているが、この子の方がその言葉を何かほかのものと取り違えているのではないかと思ったのだ。

「あっしが？」と、箕吉は自分の鼻の頭を指した。

「うん」

「坊ちゃんを?」と、子供を指す。

「そうだよ」

「かどわかす、と。だっこするとかおんぶするとかじゃなくて」

「うん、かどわかすんだ。そいで、おとっつぁんからお金をもらってほしいんだ」

「金を――」

「百両。百両出さなかったら、おいらをうちに返さねえぞって言ってやっておくんなよ」

箕吉はあんぐり口を開いた。子供はけろりとしている。その小ぎれいな顔を見ているうちに、箕吉は急にかっとなった。こいつは何かとんでもないおこわにかけられている、と思った。

子供の首筋に、黒い紐(ひも)がかかっているのが見えた。箕吉は不意に手を伸ばし、子供の襟首(えりくび)をねじあげるようにしてその紐をつかんだ。思った通り、先に迷子札がくっついている。紐をたぐって札をつかむと、食いつくようにしてにらみつけた。

「浜町　辰美屋　小一郎
父　金二郎　母　すえ」

迷子札にはそう書いてある。達筆だった。

「ね、わかったろ？　おいら辰美屋の小一郎だよ。うちは金持ちだから、百両ぐらい、すぐに出してくれるよ。おじさん、おいらをかどわかしてくれるだろ？」

　箕吉はへなへなと腰を抜かした。こりゃ本当に辰美屋の子だ。悪い冗談でも誰かにたばかられてるんでもねえ。

　どうしよう？

　へたりこんだ箕吉の頭を、小一郎が心配そうに撫でさする。

「おじさん、どうしたの？　しっかりしておくれよ」

　ふたりのうしろでは、目刺しが盛大に煙をあげて焦げまくっている。


　とるものもとりあえず、箕吉は小一郎を抱きかかえ、家のなかに連れて入った。

　小一郎はあがりかまちにちょこんと腰掛け、足をぶらぶらさせながら、

「ここがおじさんのうちなの」と、呑気な声を出している。

「いいですか、坊ちゃん」

　何も悪いことをしているわけでもないのに、箕吉は息をはあはあはあえがせていた。出入口の油障子に背中をぴったりくっつけて、冷や汗を流しながら。

「坊ちゃんは遊びのおつもりらしいが、かどわかしなんてのは大変なことなんです

よ。もしもあっしと坊ちゃんがこんな話をしていることを誰かに聞きつけられたら、あっしはすぐにひっくくられて打ち首獄門(ごくもん)です」

「誰かに聞かれたかなあ」

「今んところはまだのようです」

「なら、いいじゃない。今のうちにおじさんとおいらとで策を練って、うちから百両とっちまおうよ」

「さ、さ、策を練る？」

　箕吉は目が回りそうになってきた。

「坊ちゃん、おいくつです？」

「十二になったよ」

「あっしは四十八です。坊ちゃんは、あっしよりよっぽどおつむりがよくできていなさるんだろう。策を練るなんざ、あんた」

　いや、この「あんた」は単なる合いの手であって、小一郎を指して呼んだわけではない。

「何をいったいどうひっくりかえしたら坊ちゃんのような考えが出てくるんだろう」

「おいら、昨日今日考え始めたわけじゃないからね」

額の冷や汗をぬぐうと、箕吉はおっかなびっくり小一郎に近寄っていった。並んで腰かけようかと思ったが、考え直して小一郎の前に膝を折って座り込んだ。

「坊ちゃん――」

頭のなかがぐるぐるしてしまって、何から言い出したらいいかもわからない。干上がった喉に湿りをくれて、一生懸命愛想笑いを浮かべてみせた。

「これからいっしょにおうちに帰りましょう」

「いやだ」と、小一郎はあっさり退けた。

「お願いですよ。かどわかしなんていう物騒な話を、いたずらにだってしちゃいけません。さっきも言ったでしょう、こんな話が余所にもれたら、あっしはおしまいだ。坊ちゃんがひとりであっしなんかの住まいに来ているということだけだっておかしいんだ。岡っ引きにでも見咎められたら、どんな疑いをかけられるかしれません」

「そう、そんなにまずいことなんだ」

「ええ、ええ」箕吉はぶるぶると首をたてに振った。

「そんなら、おいらが大きな声を出したらまずいよね？」

「ええ、ええ――え？」

小一郎は子供らしくない含みのある笑い方をした。「たった今、おいらと手を組んでかどわかしをやらかして父さんから百両せしめるって約束してくれなかったら、おいら、叫ぶよ」

あーんと口を開けて悲鳴をあげるふりをした。

「このおじちゃんにかどわかされたぁ、誰か助けておくれよ！　そう叫んじまうよ。それでもいいの？」

箕吉は、魂とか肝っ玉とか分別とかいうようなものが冷たい水に変わり、爪先からさらさらと足元の地面に流れ出てゆくのを感じた。あとに残った箕吉の身体は空っぽのうろのようで、そこをひゅうひゅうと風が吹き抜けてゆく――と思ったら、それは自分の息が口からもれる音だった。顎が下がりっぱなしになってしまって口が閉じないのだ。

自分の言葉の効き目のほどを見届けて、小一郎はにこりと笑った。

「おいら、おじさんを困らせたくないんだよ」

はあというような声を、かろうじて箕吉は絞り出した。

「それにこれは、おじさんにとっても悪い話じゃないはずなんだ。百両ぶんどったら、半分をおじさんに分けてあげるよ。そしたら、もう何も心配いらないじゃないか。いつかそう言ってたろ？　おいら、ちゃんと聞いてたんだ」

「……いつかって？」

「うちに畳替えに来たときさ」

しびれたようになってしまっている頭を無理矢理働かせて、箕吉は必死に考えた。辰美屋の畳替えのとき——誰かとそんな話をしたろうか。

「黄金があれば、この先病気になっても、いつか死んだときでも、おしまに迷惑かけないで済む、黄金を溜めておかないとなって」

そこまで聞いて、ようよう箕吉も思い出してきた。そういえば、佐山の鉄五郎とそんな話をしたような覚えがある。

商家や武家屋敷の畳替えというものは、たいていの場合年末に行われるものだ。新しい畳で新年を迎えるためである。しかし辰美屋の場合はそうはいかなかった。売り物が、真冬が旬のあんこう鍋だから、毎年師走は晦日まで店を開け、新年も三日の夕からお客を入れるからである。

そこで毎年、梅雨入り前の今頃の時期に畳替えを行うことになっている。じめじめとうっとうしい季節、足元の悪いところをわざわざやってきてくれるお客を、せめて青畳の匂(にお)いで迎えようという気配りも働いているらしい。請け負う畳屋の方も、ほかとの約束のたてこんでいない時期だから、せかせか仕事をしないで済むという利点があり、これは結構なしきたりだった。

しかし今年の辰美屋は、客用の座敷だけでなく、家人の住まいから奉公人たちの暮らす離れの畳まで、いっせいの総替えを頼んできた。しかも、店を閉められるのは一晩きりだから、どうでも丸一日で全部仕上げてくれという。この注文には、さすがに箕吉の親方のところだけでは応じきれず、商売仲間の佐山という畳屋に助(すけ)っ人(と)を頼んだ。そこの職人頭の鉄五郎は、箕吉とは歳(とし)も近く、若いころからの知り合いである。久々に顔を合わせたので、仕事の合間に一服つけながら、昼時に弁当をつかいながら、ずいぶんと四方山(よもやま)話を楽しんだ。その折に、おしまを嫁に出してほっとしたことから始めて、愚痴(ぐち)めいたことをこぼしたのだ。

「そうそう……そんなようなことを言いましたよ」

「だろ?」小一郎は得意そうな、それでいてちょっとほっとしたような口調になった。

「だからさ、黄金ならうちにいっぱいあるからさ」

気を張りつめていた箕吉も、さすがにちょっと吹き出した。「坊(ぼっ)ちゃんのおっしやる黄金とあっしの小金はとんと意味が違う。五十両なんざ……あっしには使い道を考えることさえできない額ですよ」

「五十両要らないの？」

「どうやって使いましょうね。死んだとき、金無垢の棺桶でもあつらえてもらいますか」

　ちょっと前の箕吉ならば、おしまの嫁入り道具を買うという使い道があった。長年ちくちくと畳に針を入れて溜めた金では、新しい小袖を一枚、つくって持たせるのが精一杯だったのだ。おしまの嫁入り先は箕吉の親方の親戚筋で、内証は裕福だし、先方もこちらが貧乏所帯なのは承知の上、それでもと望まれて嫁いだ。だから嫁入り道具を揃えることも、婚礼の手配も、みんな向こう様がしてくれた。だが、それでももう少し気張ったものを持たせて出してやりたかったというのが、父親としての箕吉の本音である。俺は甲斐性のない親父だ――

　さかんにこぼす箕吉に、鉄五郎は十年前に亡くなった箕吉の女房の名前を持ち出して、かみさんが病みついたときには箕吉さん、目の玉が飛び出るほど高価い朝鮮人参を買って呑ませてやってたじゃないか、あのときに、あんたあらかたの蓄えを吐き出しちまったんだよ、忘れたかいと、声を励まして慰めてくれた。そういえばそんなこともあったと、箕吉はうなずいた。そして、この先自分が病みついたりしたとき、もう他家の嫁になってしまったおしまに余計な気を遣わせることはできない、せめてそういう迷惑だけはかけずに済むように、小金を溜めておかないとなと、口にしたりもしたのだった。

しかし、大人同士のそんな話の切れ端を覚えているなんて、ずいぶんとませた子供である。箕吉はあらためて小一郎の小さな顔をながめた。そしてふと、もっと先に思いついておくべきだった疑問を抱いた。この子は残りの五十両を何に使うのだろう、そもそもなんでそんな大金が欲しいのだろうか。

「坊ちゃんは、お金を持って何をするんです?」

「おいら、それを持ってお品のところに行くんだ」

「お品?」女の名前である。「どなたですか、それは」

「赤ん坊の時からおいらを育ててくれたんだ。去年の暮れに、お品の父さんが身体を悪くしたからってお店を下がっちまったんだけど」

辰美屋に住み込んでいた女中か、坊やの乳母を務めていた女なのだろう。

「そのお品さんは今どこにいなさるんです?」

「実家に帰ってるんだ。板橋宿の先だっていうんだけど、板橋って、ここから遠いの？」

「遠くはねえけれど、ここよりはずっと田舎ですよ」

「お品の実家はとっても貧乏なんだ。よくおいらに言ってたもの。白いご飯なんか食べたことがなかったって。あわやひえばっかりだったって。だからおいら、黄金を持っていってやって、お品といっしょに暮らすんだ。大きくなったら、お品のかわりにたんぼをつくってやるんだ。馬にも乗るんだ。お品は言ってたよ、おいらぐらいのとき、馬に乗ったり、馬にすきをつけて畑をたがやしたもんだって」

　子供の顔を見上げて、箕吉はにっこりほほえんだ。「坊ちゃんは、お品さんが恋しくていなさるんだね」

　繁盛(はんじょう)な商人(あきんど)の家では、そこの子供が、いつも忙しい母親よりも、身近で世話をやいてくれる乳母や女中の方になついてしまうというのは珍しいことではない。辰美屋のおかみのおすえも、商いに熱心な分、子供とは疎遠(そえん)になりがちなのかもしれなかった。

「うん。おいら、ずっとお品のところに行きたかった」と、小一郎はいじらしいほどまっすぐに答えた。「だけど、お品の家は貧乏なんだから、おいら、ただ居候(いそうろう)しにいくわけにはいかないだろ？　どうにかして黄金を持っていかなくっちゃ。だって口がひとつ増えちまうんだからね」

商人の子供だけあって、こういうところには聡いのだ。箕吉は次第に感心してきた。

「坊ちゃんは、そのことをお父さんやお母さんに話しましたか」

小一郎は目をまん丸にした。「言うわけないじゃないか。行かせてくれるわけないよ。母さんはお品が嫌いだったんだ」

ほほう。どうして嫌いだったのか、箕吉はあれこれ想像したが、口には出さずにおいた。

「それで、言葉は悪いが、なんとかしておうちから黄金をくすねる算段をしていたんですな？」

「うん、そうなんだ」

「それにしたって、どうやってかどわかしなんてことを思いついたんです？　だいいちね、子供をかどわかして、返してほしかったら金を寄越せなんて、そんな話は聞いたことがありませんよ」

「かどわかしって、そういうことじゃないの？」

「子供や若い娘さんをかどわかす悪いやつらは、さらった人を売り飛ばしちまうんです。そうすりゃ、すぐに金になるでしょう？　親元に金を寄越せなんて言ってやったって、じゃあその金をどうやって取りにいくんですか？　のこのこ出かけて行ったところを捕まったら、何もかもご破算ですよ」

　小一郎はくるりと黒目を動かした。それは考えてもみなかったという風情だ。小ねずみや小うさぎを思わせるような可愛らしい表情だった。

「ふうん……かどわかすって、さらって売り飛ばしちゃうことだったのか」

「そうですとも。坊ちゃんは何か勘違いをなすったんです」

「父さんのところに、お金を借りにくる人がいるんだ」小一郎はぽつりと言った。

「そういう人は、たくさん借りるときには、なんか大切なものを持ってきて、その人が借りたお金を返したら、父さんはその大切なものを返してあげるの。おいら、おいらもそういうものになれないかと思ったんだけど」

「それはね、借金と、借金のかたというものです。生きている人間は、借金のかたにはなれません」

　説いて聞かせながら箕吉は、ほう辰美屋のご主人は内緒で金貸しもしていなさるのかと思った。黄金貸しか小金貸しか、どっちか知らないが。

「そんなことないよ」と、小一郎は口をとがらした。「父さんは、人間をかたにしてお金を貸してるよ」

「どういうふうにです？」

「うちの板さんたちとかに」

「そりゃ、奉公人の前借りでしょう」

「それとは別にだよ。困ってるようだと、お金を貸してやってるよ。給金から返してもらうんだって。板さんたちが、人に頼まれて借りにくることもあるよ。おいら、こっそり見て知ってるんだもの」

　箕吉は困った。小一郎の言葉をそのとおりに受け取るならば、辰美屋の旦那（だんな）は奉公人に対してえらくあこぎなことをしていることになる。彼らから利子をとったり、彼らを使って新しい借り手を連れてこさせたりしているということになるのだから。

　おかみさんはこれをご存じなのだろうか。知っていて黙っているとは思いたくない。料理屋のようなところでは、ほかの商家に輪をかけて、おかみの力が絶大に強い。旦那はほとんどお飾りだ。そしておすえは、躾（しつけ）には厳しいが、奉公人をもののように扱う人ではないと、箕吉は考えていた。

　だいたい商家で、奉公人たちの居室にきちんと畳が敷いてあるということはきわめて珍しいのだ。彼らの暮らす棟は、家人たちの屋敷や店に比べるとずっと安普請で、すきま風はひどいし、畳をあげればすぐに地面が見えるような造りだが、それだって上等のうちだ。普通はよくて板張り、ひどいところでは、住み込みの女中たちを土間にござを敷いて寝起きさせているような家もあるのだから。

　これらの計らいは、みんなおすえがしていることだと、親方から聞いたことがある。同じ人の頭に立ち人を使う立場の者として、親方はおすえに一目も二目も置いているのだった。

　小一郎がじいっと箕吉の顔を見つめている。箕吉ははっと我にかえった。急いで言った。

「とにかく、人間は借金のかたにはならないんですよ。さあ、勘違いとわかりました。かどわかしのまねをしても、おうちから黄金はぶんどれませんよ」と、笑ってみせた。「どうしましょうね。おいらを売り飛ばしてくれなんて、あっしに頼まないでくださいよ。あっしは坊ちゃんみたいな子供を売り飛ばす先の見当もつかないし、そんなつてもないからね」

　小一郎はしゅんとしおれた。箕吉がふと、この子のせがんだとおりにしてやれるならしてやりたいもんだと思ったほどに、すっかり気落ちしている様子だった。

「おうちへ帰りましょう」と、箕吉は言った。「あっしが浜町まで送ってさしあげます。ひとりで遊びに出て遠っ走りをして、大川を越えたら道がわからなくなっちまった。迷子になっている坊ちゃんを、たまたまあっしが見つけたと、これでどうです。これなら、坊ちゃんもあっしも、あんまり叱られずに済むでしょう」

子供の手を引いて、陽の落ちた町を歩いてゆく道々、少しは小一郎の元気が出るように、彼の大好きなお品のことをいろいろ尋ねてみた。小一郎はお品の歌ってくれた歌を歌い、彼女が手先が器用で、よく折り紙を折って見せてくれたと話した。

辰美屋では、果たして大騒ぎが起こっていた。暗くなってもひとり息子が帰ってこない、どこにいるかもわからないというのでは当たり前の話だ。覚悟は決めていた箕吉も、さっきつくりあげた話が通るかどうか、始終肝の冷える思いだった。小一郎はすぐに、箕吉の腕からひったくられるようにして奥へと連れ去られ、箕吉はひとり、辰美屋一家の住まいの北側、台所のすぐ脇の小さな座敷で、ここの一番番頭と女中頭を相手に、ない知恵をしぼってこしらえた作り話をし続けて、心底骨が折れた。

それでも、箕吉が親方のもと、ずっと辰美屋出入りの畳職人であったこと、ごく最近も辰美屋に入り、真面目に仕事していたことなどが功を奏して、どうにかこうにか事はおさまった。箕吉はほっとした。辰美屋の誰も礼の言葉を述べてはくれなかったけれど、それでもいっこう、かまわない。早くおさらばしたいものだと腰を浮かせかけたとき、ちょっと座をはずしていた女中頭が、先よりきつい目をして戻ってきて、おかみさんがあんたに会いたいとおっしゃっていると言った。

箕吉はぎょっとした。会いたくねえと思ったが、しかしそれを言っても始まらない。女中頭のあとにくっついて、びくびくしながら奥へと通った。

女中頭は、辰美屋の料理屋の棟の方へと進んで行く。住まいと廊下でひと続きになっているのだ。何年も畳替えに来ているので、箕吉もだいたいの部屋割りは見当がつく。滑らかに磨き込まれた廊下を歩いてゆくと、客の入っている座敷の方から遠く人声が響き、三味線の音と共に、箕吉が聞きかじりで覚えた新内の節回しも、時折こぼれるように聞こえてきた。どこかの座敷に太夫が呼ばれているのだろう。今夜も辰美屋は繁盛しているようだった。

とっつきの小部屋につくと、お入りという女の声を受けて、女中頭が唐紙を開けた。帳場格子のある小さな座敷で、格子の内側に女が座っていた。尖った顎に白い顔、きりりと髷を結った、おかみのおすえであった。

女中頭を下げさせると、おすえは箕吉を格子の向かいに座らせた。箕吉がもごも

ご挨拶をすると、

「話は聞きました」と、おすえは切り口上で始めた。「とんだ迷惑をかけてすみませんでしたね。箕吉さん、迷子の小一郎を見つけてくれたのがあんたで助かりましたよ」

きびきびしたおすえの口調が、「迷子の」というところで、ことさらにゆっくりと間延びした。箕吉は背骨が縮む思いだった。何か悟られているらしい。

おすえは右手に筆を持ち、大福帳に何か書き込んでいるところだったようだ。机の上には大きなそろばんも載っている。その玉がどんな数をさしているかななどと考えて、箕吉はなんとか気持ちを静めようと思ったが、どうにももじもじして足先が落ち着かなかった。

ちょっとのあいだ、おすえは無言で箕吉を見据えていた。箕吉はかしこまっていた。帳場格子にはさんだろうそく立ての上で、ろうそくがじじ、じじと煙をあげる音だけが聞こえる。

突然、おすえはかたりと音を立てて右手の筆を置いた。

「本当のところを言ってくださいよ、箕吉さん」

「へえ？」

「あの子、迷子になったんじゃないんでしょう？　家を飛び出そうとか、そんなことをやろうとしてたんでしょう？」

箕吉はそうっと目をあげて、おすえの顔をうかがった。彼女は赤い下くちびるを嚙みしめて、腹痛を我慢しているような顔をしていた。

「あの子、あんたを頼って行ったんじゃないの？」と、おすえは言った。低い声だった。「心配しなくていいんですよ。先にもあったことなんだから。寺子屋の先生にね、お金を貸してくれって、いきなり頼みこんだんです。いつかきっと働いて返すからって。なんで金が要るんだって訊いたら、遠くへ行くからだって」

「そりゃ、いつのことでございましょう？」

「春先だったかしら。そのちょっと前には、なんのあてもなしに町中をぐるぐる歩いているところをうちのお得意さんに見つけられて、あわてて連れ戻されるなんてこともあったし」

くたびれたように、おすえは片肘をついて額を支えた。

「どうやらあの子、うちから出ていきたいらしいんですよ」

たまらなくなって、箕吉は言った。「小一郎坊ちゃんは家を出たいんじゃなくて、ただお品さんの実家に行きたいだけですよ」

おすえは鋭く顔をあげた。「お品？」

「へえ」

母さんはお品を嫌っていたと、小一郎は言っていた。こりゃ、まずかったか。

しかしおすえは、それ以上は鋭い顔にならなかった。むしろにわかに弱気になったように、目尻（めじり）の線が力を失ってしまった。

「ああ、そうなの。やっぱりお品ですか」

「こちらの女中さんだった娘でしょう。坊ちゃんはなついておられたようですね」

おすえはぐったりうなずいた。「あたしが忙しいので、小一郎のことはほとんど全部お品がやってましたからね」

「お品さんは、代替わりでお店をやめたんですか」

「ええ、うちでは長かったんだけど——なにしろ小一郎が生まれてすぐからでしたからね。でも、実家の父親がすっかり足腰が弱ってしまって、面倒を見る女手が要りようになったってことでね。引き留めるわけにもいかないでしょう。よく働く娘だったから、あたしも残念だったんだけど」

「いくつぐらいの娘です？」

おすえは遠いものを数えるように目を細めた。「うちに来たときが——十六、七だったかしらね。だから、やめたときはもう三十近い年増でしたよ。どうして？」

「いいえ」と、箕吉は言葉を濁した。お品という娘は、小一郎にとって母であり姉であり友達であった。お品自身、小一郎を育てることで大人に育っていったのだ。それを考えていた。

「どうも、小一郎坊ちゃんはお品さんに会いたくてしょうがないようです」

「だけど、どうしようもないでしょう」

「実家は板橋宿の方だと聞きました」

「そうよ。連れていけっていうの？」

おすえは辛い声を出した。

「そんな暇はありませんよ。だいいち、母親のあたしがここにいるっていうのに」

「あいすみません……」

箕吉が身を縮めると、おすえもまた首をうなだれた。ろうそくだけがじじ、じじと呟く。

ややあって、おすえが小さく訊いた。「箕吉さん、お子さんは？」

「娘がおります。つい先日、やっと片づきましたが」

「そりゃおめでとう。あんたには長いこと世話になっているのに、なんのお祝いもしないで悪かったね」

「滅相もないことでございます」

「おかみさんは、もうずいぶん前に亡くなったわよね？」

「へえ、十年になります」

「男手ひとつで娘さんを育て上げて、たいへんだったでしょう」

そう言って、おすえは呼気で机を撫でるように長い長いため息をついた。

「親って、難しいもんですよ」

「はあ、そうでしょうか」

「小一郎は一人息子だけど、実はあれの上にひとり子供がいましてね」

初耳である。

「生まれて半年足らずで死んだの。男の子でした。あたしは自分も商人の子で、商人の子がどんなに寂しいかよく知ってるもんだから、どれだけ商いが忙しかろうが、この子は自分の手だけで育てるって、頑張ったんですよ。だけど結局、手が回りきらなくて死なせてしまった」

突然の話に、箕吉は静かに黙っていることしかできなかった。しかし言われてみれば思い当たる節はあった。小一郎というのは、普通は次男につける名前であるからだ。

「だから小一郎のときは」おすえはまたため息をついた。「人手に頼ることにしたんですよ。そしたら今度は、子供は育ったけど余所の子になってしまった」

「余所の子ってことはないでしょう。小一郎坊ちゃんは、おかみさんを嫌ってるわけじゃない。ただお品さんを恋しがってるだけです」

「同じことですよ。このへんが、男親と女親の違うところでしょうね」

おすえは寂しく笑った。

「今のお店のなかに、坊ちゃんと仲良しになれそうな奉公人はいませんか」

「さあ……どうかしら。大人ばかりのなかで育って物怖じしないから、誰とでも遊んだり口をきいたりしているようだけど」

「仲良しができれば、お品さんのことをだんだんに忘れていくんじゃねえでしょうか。坊ちゃんは男の子だから、これからは男の奉公人の方が親しくなれるかもしれねえ」

そう言ってから、箕吉は小一郎の父親の存在を忘れていたことに気がついた。あわてて言った。「いちばんいいのは、旦那さまですが」

おすえは首を振った。「あの人は駄目よ。子供が好きじゃないんです。自分のことにばっかりかまけてるしね」

金貸しという内職もあるしなあ。

「板場の新吉とか、手代の正次郎とか、あのへんとはよく話をしてるようだから」と、おすえは呟いた。「少し小一郎の相手をしてくれるように頼んでみようかしら」

「それがいいかもしれません」

「そうね……いろいろありがとう」

おすえは引き出しを開け、いくばくかの金を包んで箕吉に差し出した。彼は辞退したが、おすえがどうしても引き下がらなかったので、受け取ることになってしまった。

手触りからも少なくない額だとわかったけれど、家に帰って包みを開けてみると、小粒や小銭、あわせて一両が入っていた。箕吉は驚くと同時に、ちょっと笑った。これが本当の小金だな……。

その後の箕吉は、小一郎がどうしているか気にしながらも、とりわけ消息を聞くこともなく、辰美屋に近づくこともないままに、日々を淡々と過ごしていった。梅雨が始まり、陰気な雨が降り続く。朝、仕事にかかって畳針を手にすると、それがしっとりと濡れているように感じられる季節である。

　そうして、かどわかしごっこの一件から半月ほど経ったある日のことである。梅雨の合間のわずかな晴れ間に、少しは湿気の抜ける思いで仕事場で弁当をつかっている昼下がり、箕吉はいきなり近くの自身番に引っ張っていかれた。辰美屋の小一郎がかどわかされ、すぐに千両都合しないと子供の命はないという投げ文が、店の窓越しに投げ込まれたというのである。


「あっしじゃありませんて」

　汗みどろになりながら、唾を飛ばして箕吉は必死に説明した。心配してついてきてくれた親方は、ことの成り行きに太い眉毛をあげたりさげたり、ただもう面食らってしまっている。

　箕吉をひっくくった土地の岡っ引きも、彼のうしろにでんと控えている定町廻りの同心も、箕吉と小一郎のあいだにあったかどわかしごっこの話を詳しく知っていた。それで箕吉に疑いがかかったというわけなのだ。

　しかし箕吉は、小一郎とのあいだのことを誰にも話した覚えはない。母親のおすえにさえも黙っていたのだ。

「旦那がたは、どこからこの話を聞き込んでいらしたんです？」

　岡っ引きが同心の横顔をうかがってから答えた。「辰美屋の奉公人たちはみんな知っていたよ」

「じゃ、小一郎坊ちゃんが話しなすったんだ。全部じゃねえ、誰かひとりにね。そこからみんなに広がったんでしょう」

　箕吉はてめえでてめえの頭をぶちたい気分だった。おすえに向かって、誰か奉公人を説(と)いて小一郎坊ちゃんと仲良しにさせた方がいいと言ったのは彼である。仲良しになれば、気質(たち)の素直な小一郎のことだ、箕吉との顛末(てんまつ)を、さして重大なことだとは思わずに、その仲良しに打ち明けることだって考えられなかったわけじゃない。

　そうして泡をくっているうちに、内側から頭をぶたれたようにして気がついた。思い出したのだ。初めて小一郎から「かどわかし」の一件を打ち明けられたとき、自分がどれだけ驚いたかということを。子供をさらって売り飛ばすのじゃなしに、親を脅(おど)して金をとる。ははあそういう手もあったのかと、本当にびっくりした。

　箕吉だからびっくりしただけで済んだのだ。話を聞いた相手がもし――もしも腹に一物(いちもつ)あったとしたら？　こりゃあいい手を教えてもらったといわんばかりに、飛びついてしまうのじゃなかろうか？

――坊ちゃんをさらった奴は、坊ちゃんから話を聞いたお店の連中のなかにいる。

箕吉は確信した。思ったとたんにまた冷や汗がだらだらと出てきた。ここは言い様を間違えちゃいけない。下手をしたら命取りになる。番屋にとめられて、拷問のあげくにやってもいないことを白状させられて伝馬町送りだ。落ち着け、落ち着いて考えるんだ。

「――旦那、教えてくだせえ。小一郎坊ちゃんは、いついなくなったんです？」

今度も岡っ引きが答えた。「昨日の日暮れごろから姿が見えねえ」

「外へ出掛けて帰ってこないんで？」

岡っ引きは同心の顔をちらちらうかがう。すると同心がおもむろに答えた。

「それが妙なんだ。家のなかから姿を消して、それっきりなんだよ。夜中じゅう大騒動で探したが行方が知れねえ。今朝になって投げ文が来たという具合だ」

先の一件以来、おすえは気を尖らせて、小一郎が勝手に外へ出ないよう、出入りをしっかりと監視させていたのだという。手習いさえも休ませていた。小一郎は、ひとりでは庭へも下りられないはずだった。

「家のなかから消えた――」

そのときに、箕吉は虎口から逃れる道を見つけた気がした。

「旦那、やったのはお店の誰かです」

息せき切って、自分の考えを話し始めた。小一郎から聞いた、ご主人の内緒の金貸しの話も、残らず遠慮抜きでぶちまけた。

「あっしは畳職人です」と、箕吉は胸を張った。「辰美屋の畳も、何度も替えてます。だからあの家のことならよくわかる。奉公人たちが寝起きしてる座敷を調べておくんなさい。あの座敷は、畳をあげると下はすぐに地べただ。下手人はきっと、小一郎坊ちゃんをあの棟の座敷のどこかに誘い込んで、縛り上げて声を出せないようにして、畳をあげて床下に隠したんです。騒ぎが始まると、床下から庭を通って運び出したんでしょう。どさくさにまぎれりゃ、難しいことじゃない。ひととおり家のなかを探したあとは、みんな外のほうばっかり探し回る。誰ももう一度家のなかに目を向けたりしませんからね。そんなことができるのは、家のなかにいる奉公人だけです。むろん、外にも仲間がいるんでしょうが。おおかた、借金がらみでしょう。早く見つけないと、小一郎坊ちゃんは殺されちまいます！」

しばしの後、岡っ引きの疑いの眼より、箕吉の冷や汗の量と唾の飛沫の勢いの方に軍配があがった。定町廻りの同心は、ゆらりと立ち上がった。

　辰美屋の小一郎が、深川六万坪の先、水路が変わって使われなくなったまま打ち捨てられた水車小屋で、がんじがらめに縛り上げられ、腹を減らしてへとへとになっているところを助け出されたのは、それから二刻(四時間)ばかり後のことである。箕吉が疑われているとばかり思いこみ、油断していた辰美屋の板場の新吉が、うかうかと仲間とつなぎを取りに外に出て、その場で取り押さえられた挙げ句の結末であった。


　しかし、まだ続きがある。

　かどわかしの一味は捕らえられ、彼らが事をたくらんだ事情も理由も、ほとんど箕吉が考えたとおりだったとわかった。そのために、火の粉は辰美屋の方へも降りかかることになった。もぐりの金貸しは重罪なのである。御詮議の結果、辰美屋の主人は遠島、身代は取り上げられることになった。女房の尻に敷かれていることへの憂さ晴らしの内職は、小金は稼いだかもしれないが、結果としてはひどく高いものについたことになる。

　辰美屋はつぶれた。奉公人たちも離散した。

出来事の始終を、箕吉はおろおろしながら見守っていた。ようやく安心できたのは、おすえと小一郎のふたりが、親子水入らずで新しい住まいに落ち着いたと、噂に聞いたときである。おすえは思いの外さばさばした様子で、しっかり働いて、また飯屋を始めるのだと意気込んでいるという。元来、へこたれることの少ない女なのだろう。

それでも箕吉は、まだ小一郎に会うことができないでいる。当分は無理だろう。箕吉は小一郎の命を助けたが、そのために彼の家を奪い、父親を取り上げることになってしまった。小一郎がそれについてどう思っているか、おすえがどんなふうに話して聞かせているか、箕吉には考えてみてもわからない。

近ごろの箕吉は、娘のおしまのことを案じる合間に、小一郎のことを考える。そうして、お品が上手だったという折り紙を、時どき折ってみたりする。もういくつも鶴を折った。この年が終わるころには、きっと千羽になるだろう。

花童（はなわらべ）

西條奈加

ほんの少し前まで、あたしはとっても幸せだった。

おっかちゃんと離れればなれになって三年にもなるし、毎日働きどおしだし、きれいな着物も着られないけど、そんなことちっともかまわなかった。暮らしの面倒は勝平やテンが見てくれて、飯は長谷部の家でたんといただける。なによりも、ハチの傍に一日中いられることが、うれしくてならなかった。

ハチのもともとの名は誰も知らない。名付け親は勝平で、人別帳にあげるとき、長谷部の婆さまから八之助という立派な名をいただいた。どこぞの役者みたいで、ハチにはぴったりだ。でも、当のハチが嫌がるものだから、前と同じに呼んでいる。

どんなに着飾ったお大名の若さまも、きっとハチにはかなわない。男衆はもちろん、そこいらの小町娘にだって負けないほど、ハチはきれいで品がいい。長い睫毛とか、すっとした鼻の線とかをながめているだけで、ため息が出た。こんな男前と夫婦になれると思うだけで、ふわふわした心地になれた。

「いくら伊根が望んでも、ハチは嫁さんにはしねえと思うぞ」

惣介に言われても、あたしはまったく動じなかった。

惣介は勝平と同じ、あやめ長屋に住んでいる。あたしと同じ九つとはいえ、惣介はまだまだ子供だし、ハチと始終一緒にいるのは、ハチの妹の花をのぞけばあたしだけだ。ハチはあたしの言うことなら何でもきくし、他の娘なぞ見向きもしない。あたしより他の誰が、ハチの嫁さまになれるだろう。

「そいつは、勝平が言ったからだろ。伊根の指図に従えって」

ぷっと頰(ほお)をふくらませた。惣介は、いつからこんな意地悪になったんだろう。

ハチと花が仲間になったのは、一年と半年前だ。その頃のハチは、木彫の置物のようだった。ひと言も口をきかず、花の面倒を見るときより他は何もしようとせず、勝平の声でのみ動く、からくり人形のようだった。

「ハチ、今日から商売のあいだは、伊根の言うとおりにしろ」

稲荷商い(いなりあきな)の組分けをして、勝平がそう命じたときは、天にものぼる心地がした。

「伊根は小さいけどしっかり者だ。金勘定も売り口上(こうじょう)も仕込んでおいた。おまえは天秤棒(てんびんぼう)をかついでいればいい」

天秤棒をかついだハチは、妹の花を連れ、黙ってあたしの後ろをついてあるく。稲荷をいくつ包めとか、二十文お代をもらえとか、道行く娘が見惚(みほ)れるほどのハチが、あたしの意のままに動くのだ。ぞくぞくするほど、うれしかった。

「けど、ハチがいちばん大事なのは、伊根じゃなくて花だろ」

「そんなことわかってる！　妹なんだから、あたりまえだ！」

いつになくしつこい惣介に、堪忍袋の緒が切れた。

「いくら大事だって、妹を嫁にはできないもの。だからハチの嫁さまになるのは……」

惣介がなにか叫んで、急に耳鳴りがした。きいんきいんとうるさくて、よくきこえない。

「昨日の晩、勝平と玄太が話してたんだ。おれたちが寝てると思ってたんだろ、ずうっと聞き耳を立てていたから間違いないよ」

「……いまの……よく、きこえなかった」

「だから、ハチと花は、ほんとの兄妹じゃないんだよ」

真上にある曇った空が、足許の地面と入れ替わったような気がした。

「伊根、具合でも悪いのか？　ここんとこようすがおかしいって、ツネが案じていたぞ」

刺すように冷たい木枯らしが、思い出したように強く吹きつける。木綿の襟元を握りしめていた手から、急に力が抜けた。

「ツネか……」

いっとう先に気づいてくれたのが、五歳のツネだと思うと、情けなくてならなかった。

皆で朝餉をとる前に、勝平はあたしを長谷部家の裏庭に連れてきた。貧乏御家人とはいっても、お屋敷も庭も広々している。

「別に……なんでもない……」

「なんでもないって顔じゃねえぞ」

勝平がひょいと腰をかがめ、あたしの顔をのぞき込む。丸い大きな目が、まるで鏡のようだ。気持ちの奥まで映されたようで、気づけば口をついていた。

「組替えしたいって、どういうことだ、伊根？」

きいた勝平は、呆気にとられている。惣介から話をきいて、五日ばかりが過ぎていた。

「……ずっとふたりと一緒だから、飽いたんだ」

「おめえが、ハチに飽いたって？」

あたしがハチを好いてることは、勝平もよく知っている。

「だって他の組とちがって、あたしのとこだけ誰も当てにできないし……みんなあたしがやらなきゃいけないし……」

「うん、だからハチと組ませるのは、伊根しかいねえと思ったんだ」

「皆も大きくなったんだから、たとえば惣介と組ませるとか」

「惣介はなあ、口が達者じゃねえから客を捌けるかどうか……」

「あたしと同い歳なのに、どうして惣介ばかり楽できるの！　そんなのずるい！」

勝平が、初めて真顔になった。あたしの前に、しゃがみ込む。

「伊根、何かあったのか？　ハチや花が手間をかけたか？　惣介と喧嘩したのか？」

下から見上げる勝平に、無闇に首をふる。

あたしの思いを見透かしたように、勝平は調子を変えた。

「気づいてやれなくて、悪かったな、伊根」

「テンは忙しいから、おれが気をつけてやらなきゃいけなかったのに」

あたしは南森下町の長屋で、ハチの兄妹とツネ、それとテンと一緒に暮らしている。

算盤が達者なテンだけは、稲荷売りはせずに金貸しの手伝いをしている。帰りも遅いもんだから、慌しい朝にしか顔を合わせることがない。

「愚痴でも文句でもかまわねえ。おれには何でも話せって言ったろ？　一緒に母ちゃんを待つあいだ、おれが代わりに何でもきくって約束したろ？」

そうだ。おっかちゃんとはぐれてから、あたしはずっと勝平を頼りにしてきた。ずっと味方だと信じていた。なのに勝平は、花がハチの妹じゃないと隠してた。

「なにもない。ただ、別の誰かと組みたいだけだ」

言い張ると、勝平は諦めて立ち上がった。

「わかった、考えておく。けど、すぐには無理だ。もうしばらく我慢できるか？」

本当は一日だって嫌だけど、仕方ない。うなずいて、ひとりでさっさと台所に戻った。

広い板敷にずらりと膳がならび、皆が顔をそろえている。

席につくと、隣の花がにこにこと笑いかけてきた。ふっくらした頬に赤味がさしていて、瞳がつぶらで口許があどけない。花は誰が見ても、とてもかわいい。

あたしもずっと、花をかわいがってきた。花は並の子供とは違うのだから、やさしくしてやるのはあたりまえだと、そう思っていた。

「花」

ハチが湯気のたつみそ汁の椀を、妹の膳においた。花がよそ見をしていたから、気をつけろと言ったつもりなんだろう。

　先には何もしゃべらなかったハチも、ウンとイヤだけは言うようになった。その素っ気ないふた言だけで、たいがいの事は足りるみたいだ。他にハチが口を開くのは、いまみたく、妹の名前を呼ぶときだけだ。その声だけが、とてもやさしい。

　いくら呼んだって、花は返事をしないのに。

　口をききたがらないハチと違って、花は本当に言葉が出ない。ツネと同じ五つになるから、知恵が足りないんだろうと、皆ひどく不憫がっている。婆さまが教えてくれる手習いに加わらないのも、いちばん小さい三つのタヨと花だけだ。

　タヨは母親代わりの登美に張りついて、邪魔ばかりする。登美の読み書きが上達しないのは、たぶんそのためだ。

　花はタヨと違って、ずっと大人しくしている。それが妙だと思えてきたのは、少し前からだ。

　いつもハチの傍を離れない花が、手習いのあいだだけ、三治の横にいることが多い。三治は誰より読み書きができるから、ひとりだけ難しい字を習っている。花はそれを、ずうっとながめている。

「入り組んだ字の形が、花には面白いのかもしれませんね」

婆さまは言っていたけれど、あたしは違うことを思いついた。惣介の話をきいてから、それがいっそう気がかりになった。

「西平野町の『からん堂』って古道具屋だ。ちっと重いけど頼んだぞ」

稲荷鮨が五十入った風呂敷包みを、勝平から受けとった。

「あそこのご隠居と見知りになってな、うちの味を気に入ってくれたんだ。還暦の祝膳に添えるから、届けてほしいと頼まれた。ちゃんと挨拶できるな、伊根？」

あたしたちの持ち場は、仙台堀の両袖になる。さっきあんなことを言ったばかりだから、勝平は気遣わしげな顔をしたが、そのままあたしたちを送り出した。

「えっと……飛脚問屋の角を曲がって、二本入ったところだときいたから、この辺りのはずだけど……」

西平野町は毎日通っているけれど、裏通りは初めてだ。『からん堂』の看板が、なかなか見つからない。誰かにたずねようと辺りを見回したとき、花の小さな手に、着物の袖を引っぱられた。にこりと笑い、あいた手でななめ前を指差す。

「え？　なに？」

突っ立っていると、今度はあたしの手を引いて、示した方角へと歩き出す。わずか三軒先に、目当ての古物屋があった。

間口が狭く、中も暗くてよく見えない。古びた看板に『嘉藍堂』とあるだけだ。

花はどうして、この店を見つけることができたんだろう。嬉しそうにこちらを見上げるあどけない顔に、ひやりとした。

おかしなことは、その日の夕方にも起きた。

「すまねえ、これしかねえんだが、釣りは出るかい？」

籠（かご）に残った品を総ざらえしてくれるという有難い客だった。稼いだ後だから文銭も多い。大丈夫だと請け合って一朱銀を受けとったものの、算術のほうが間に合わない。稲荷ひとつを波銭（なみせん）一枚、四文にしてあるために、釣りが出ることなぞほとんどないからだ。

「えっと、お代は四十八文で……一朱から引いて、お釣りは波銭だから……」

花が両手で、ずしりと重い波銭のかたまりを寄越した。手の上でそれを数えると、

「お、ぴったりじゃねえか。小さいのに賢いな」

一緒に数えていたらしい仕事帰りの職人は、あたしと花をほめて腰を上げた。

今度こそ本当にぞっとした。同じことが、前にも二度ほどあった。だから気づい

た。

花は知恵が足りないんじゃない。言葉をしゃべれないだけで、頭はあたしよりもずっといいんだ。古物屋の看板も読めるし、勘定もすばやい。

さっさと後片付けをはじめたハチを、おそるおそるながめた。

たぶんこのことは、仲間の誰も知らないはずだ。日がな一日、花と一緒にいるのは、あたしとハチだけだから。ハチは、気づいているだろうか。知らないはずはない。

「ハチ……」

ハチの頭がふり向いて、黒く滑らかな石のような目が、まっすぐにこちらを見た。返事をするようになっても、顔になにも出ないところは相変わらずだ。笑いも泣きもしないハチが、一度だけ血相を変えたことがある。

去年の富岡八幡（とみおかはちまん）の祭りのときだ。酔っぱらいが花にちょっかいをかけて、ハチはその男を天秤棒で滅多打ちにした。思い出すだけで、膝が震える。目はつり上がり、歪（ゆが）んだ唇から歯をむき出して、あれはまさに狐憑（きつねつ）きのようだった。

ハチは黙って、こっちを見ている。とろりとした沼の水面のような、この佇（たたず）まいを変えられるのは、この世で唯一、花だけだ。

ハチは少しだけ間をおいて、それからこくりとうなずいた。

「……帰ろうか」

それだけ言って、立ち上がった。頭の良し悪しなど、ハチにとってはどうでもいいことだ。役に立とうが立つまいが、かわいい花には変わりない。

その晩、久々に、おっかちゃんの夢を見た。よく覚えていないけど、起きたときにはなんだかくたびれていた。外はどんよりと曇っていて、よけいに気が滅入った。

勝平と出会ったのは、ちょうどこんな日だった。回向院（えこういん）の門前で、あたしはおっかちゃんを待っていた。回向院だと知ったのは、ずっと後になってからだ。舟に乗ったのも、おっかちゃんと遠出をしたのも、それが初めてだった。

「おまえ、昼過ぎからずっとここにいるよな。迷子か？」

「違う、おっかちゃんがここで待ってろって言ったの」

「ふうん、母ちゃんのほうが迷子なのか」

その日からずっと、おっかちゃんは迷子のままだ。

捨てられたと言う人もいるけど、そんなはずはない。だってあたしは、ずっといい子にしてた。おっかちゃんがきれいにお化粧して働きにいくあいだ、ちゃんとお留守番をして、面倒をかけぬよう、わがままを言わぬよう気をつけた。時々家にくるおじさんが、怖いことを言ってたからだ。

「あんなガキ置いてよ、おれと一緒に行かねえか」

幾月かごとにおじさんの顔ぶれは変わったけれど、寝たふりをしていると、似たような話がたびたびきこえた。あんなにいい子にしてたのに、置いていかれるはずがない。

梃子(てこ)でも動かないとわかると、勝平はあたしにつきあって、ひと晩一緒にいてくれた。

「木戸が閉まっちゃ、母ちゃんだって来ようがないだろ」

次の日からは、晩は勝平たちの塒(ねぐら)で眠るようになったけど、昼間は回向院の門前に通った。勝平は仲間と交代で、あたしの気が済むまでつきあってくれた。

「おまえの母ちゃんは迷った揚句に、うんと遠くまで行っちまったんだ。帰ってくるにも、きっとまだかかる。だからおれたちと一緒に気長に待とうぜ」

勝平にそう言われ、門前に通うのをやめたのは何日目だったろう。

朝方の重そうな雲が切れて、お陽さまが顔をのぞかせた。

気塞ぎのまま朝の商いを終わらせて、いったん長谷部の家に戻った。午餉を食べて、新しい稲荷を籠に入れ、出かけようとすると勝平が呼びとめた。

「今日はこの後、浅草へ行っちゃくれねえか。向島のでかい寺で祭礼があってよ。三治の組はそっちにまわすことにしたんだ」

浅草は、三治の持ち場になっている。言い訳は理が通っているけど、なんだか変だ。

「浅草寺の前をうろつけば、早く捌けるはずだ。あ、ちゃんと柾さまに挨拶してこいよ」

念を押されたものだから、仕方なく足を向けた。柾さまのことは大好きだけど、いまはあまり会いたくない。

「めずらしい顔ぶれだな。いつもの組にくらべて、だいぶ華やかだ」

浅草広小路の一角へ行くと、柾さまはうれしそうに迎えてくれた。勝平が言ったとおり、一時ばかりで売り切って、ハチは空の籠を天秤棒から外してぶらさげている。

「あぅ」

花が柾さまの後ろを指さして声をあげた。十枚ほどの似顔絵が、竹竿に並べられている。

「ん？　取ってほしいのか？」

花に乞われるまま、柾さまは次から次へと竿から絵を外していったが、いちばん上にある二枚だけは、申し訳なさそうに断った。

「悪いな、花。これは勘弁してくれ」

きれいな女の人と、鼻の頭に大きな傷のある侍の絵。このふたりが柾さまの仇で、いまも行方を追っているという話は、仲間の口からちらりときいている。

「あー」

花はしつこく食い下がり、しきりに絵を指さす。柾さまの眉が、困ったように下がった。言葉が出ないと、むずかっている赤ん坊のようだ。

そのとき、ハチがひょいと花を抱き上げた。二枚の絵の前に、ちょうど顔がくるようにもち上げる。柾さまはなにか言いかけたが、諦めたようにため息をついた。

花はことさら丹念に、絵の中の顔に見入っている。あたりまえのような顔をして、ハチの両手に納まっている。

「伊根」

名前を呼ばれてはっとした。柾さまが、あたしの前に膝をついていた。

「おれも今日は、店仕舞にするよ。せっかく浅草に来たのだから、少し遊んでいかないか？」

いつもと同じにこやかな顔が、ほんの少し違って見える。嫌な目で花を見ていたことに気づいたんだろうか。それとも勝平になにか、言い含められているんだろうか。

「見世物小屋はどうだ？　河童や猫又がいるらしいぞ。それとも、手妻のほうがいいか。そういえば、水芸で評判の小屋がある」

気を遣われるのが、かえって苦しくて、どうしても返事ができない。柾さまは助けを求めるようにハチをふり向いたが、花を下ろしたハチは、常のとおり我関せずだ。

「どうした、花？」

窮地を救ったのは花だった。柾さまの袖を引き、道の向こうの茶店を示す。

「団子が食いたいのか？」

花がにっこりする。結局、浅草寺へお参りしてから、茶店に寄ることになった。

ずっといい子だったはずのあたしが、脆い土壁のようにぼろぼろと剝がれてくる。あの日から嫌なものばかりが、身内にどんどんふくらんでくる。

――おっかちゃんが、帰ってきますように
いつもそうお願いしていたのに、浅草寺の前で手を合わせると、別の願いが噴き上げた。

――どうか花が、あたしの前から居なくなりますように！

目をぎゅっとつむり、きつくきつく願った。


みんなで食べたお団子は、ちっとも味がしなかった。ようやく一個飲みくだし、膝の上に血をおく。

境内にある茶店に寄って、二枚の床几に向かい合わせに席をとった。あたしの前には、美味しそうに団子を頰張る花がいる。

「久しぶりだな、長谷部殿」

ふいに頭の上で声がした。首が痛くなるほど頭を反らすと、鷹のように鋭い顔がこちらを見下ろしていた。縞の着流しに巻羽織だから、ひと目で町方役人とわかる。

「これは……高安さま。江戸へ戻って以来ですから、半年ぶりになりますか」

柾さまが腰を上げ、無沙汰を詫びる。小柄な柾さまがならぶと、頭ひとつ違う相手が、よけい大きく見える。

と、柾さまに続いて、ハチが立ち上がった。高安というお役人に、黙って頭を下げる。

「うん？　おまえはたしか……ハチだったか。達者にしていたか？」

ハチがうなずくと、鷹に似た怖そうな顔が、ほんの少しゆるんだ。

「高安さまは、この子をご存じなのですか？」

「前にちょいとな。そうか、おまえたちの世話人は長谷部と言ったな。ひょっとして……」

「はい、私の兄と母が、この子らの面倒を見ています」

「こいつは、うっかりしていた。おれは直に顔を合わせてないから、おめえさんの身内だとは思い至らなかった」

くだけた調子になって、世間は狭いなと笑う。

ハチが見知りの役人というと、たぶん富岡八幡での騒ぎのときだ。酔っぱらいを叩きのめしたハチと一緒に、勝平も捕まって、一時は伝馬町に送られた。やたらとえばる役人が多い中、ひとりだけ、ものわかりのいい与力がいたと、たしか勝平が言っていた。この人が、そうなのかもしれない。

「ちょうどよかった。お蘭と相良隼人のことだがな……」

「高安さま、その話はここでは……」

柾さまは待っているよう言いおいて、お役人と一緒に茶店を出ていった。

とたんに重苦しいものが降りてくる。それはたぶんあたしだけで、目の前のふたりはいつもと変わらない。花の手についた団子の餡を、ハチが拭いてやっている。

「ごめん、あたし、先に帰る。これ、食べて」

皿を花に押しつけて、外に出た。ふたりと向かい合うことが、どうしても我慢ならない。もやもやとしたものに追いつかれぬよう、夢中で走った。

「あれ……？」

雷門を抜けたときだった。人の頭の隙間から、柾さまの顔が見えた。高安さまの大きな黒羽織の陰で、門を背にしてうつむいている。その姿が、まるで叱られている子供のようだ。思わずそろそろと近づいていた。

「履き違えるな！　あんたに仇討ちさせるつもりなぞ、これっぽっちもない！」

低い声で怒鳴りつける横顔は、さっきとは面変わりしていた。まっすぐな高い鼻の線と、にらみつける大きな眼は、獲物に食いつく鷹そのものだ。仲間としゃべりに興じている、太ったおじさんの尻の陰で、ぶるりと身震いした。

「大坂をはじめ、あちこちの町方で、おれの名を出してふたりの行方をたずねまわったろう」

「それは……まことに申し訳ないと……」

「長崎奉行所から知らせを受けたときには、さすがに肝が冷えた。あんな遠い地にまで足を運んだ執念にだ。それをあえて捨ておいたのは、おめえさんが江戸に戻ってきたからだ。ようやく諦めてくれたものかと、胸をなで下ろしたからだ」

叱られている柾さまの顔は、とても静かだった。それがかえって、ひどく恐ろしく思える。

「いいか、仇討免状もないのに私事で連中を殺めれば、ただでは……」

ふいに腰の辺りに何かが当たった。見つからぬよう、中腰で屈んでいたものだから、よろけた拍子に、目隠しのおじさんの陰から頭がとび出した。ふり向くと、花が笑っていた。その後ろには、ハチも控えている。かっとからだが火照った。

「伊根、花、どうした。待ちくたびれたか？」

柾さまが、気がついた。盗み聞きがばれたようで、恥ずかしくてならない。目の前のふっくらした頰を、ぴっしゃりと張ってやりたい気持ちをこらえ、逃げるように走り出した。

柾さまの声が後ろからしたが、かまわず駆けた。人垣を縫いながら闇雲に走っていると、目の前に大川が広がった。とたんに、ぼろぼろと涙がこぼれる。

耳がちぎれそうな冷たい川風にさらされながら、声をあげて泣いていた。


ひと晩中でも川縁にいるつもりだったのに、日が落ちると野犬の声がして、急に怖くなった。南森下町の長屋には帰りたくないし、柾さまのいるあやめ長屋もばつが悪い。三治や登美のところに泊めてもらおうと、足はそちらに向かっていた。

「伊根！　おめえ、無事だったのか！」

長屋にいたのは三治や登美でなく、勝平だった。

「おい、伊根、花はどうした」

「え、知らないよ……あたし、ずっとひとりだった」

「花は、一緒じゃねえのか！」

勝平が、目を剝いた。大川端にいたことを話しながら、襟や袖口からすうすうとなにかが抜けて、からだがどんどん冷えていく。

「花が戻ってないって……だって、ハチは？　ハチはいつだって花の傍に……」

「花は雷門の前から、おめえを追ったらしいんだ。門前の人垣に邪魔されて、ハチや柾さまは思うように進めなかった。そのあいだに、人込みにまぎれちまったって」

「あ、あたしのせい？　あたしのせいで、花が……」

「バカ！　そんなこと言ってねえ！」

勝平はあたしを叱りつけ、ひとまずあやめ長屋に戻ろうと促した。皆は手分けして、あたしと花を探しまわっているという。

「心配すんな。ちょうど高安さまが一緒だったのは幸いだ。浅草やこの辺りの番屋に手配りしてくれたから、きっとすぐに見つかるさ」

勝平の気休めは、当たらなかった。木戸が閉まる刻限になると、子供は帰るようにとさとされて、皆が空手のまま疲れた顔で戻ってくる。

いちばん最後が、ハチとテンだった。ハチはふたりの男衆に、両脇を抱えられていた。

「木戸を乗り越えようとするもんで往生したぜ。細っこいくせに、まるで狂い犬みてえな暴れようだ。明日の朝まで、縄で縛っておくんだな」

半ば本気なようすで言いおいて、番屋の衆は帰っていった。

ハチは手足を投げ出すようにして、畳に座り込んでいる。まるで捨てられた案山子のようだ。見開いた目は、なにも見ていない。

「ハチ……ごめん……」

傍へ行こうとすると、勝平の手が肩にかかった。

「ああなっちゃ、もうダメだ。ハチの魂は、どっかへ行っちまった」

ハチはきっと、花が見つかるまであのままだ。人でないものになって、亡者のように街をさまよい歩くだろう。

「ひとまず玄太を張りつかせておくか……なんとか飯だけは食わせねえと」

「勝平、その役目、おれにやらしてくれないか」

名乗りをあげたのは、テンだった。

「案じる気持ちはわかるが、玄太と違っておめえはからだが小さい。ハチが暴れても……」

「うん、止められない。だから代わりに、ずっと傍にいる。ハチが何をしても、ずっとついているから」

しばらく迷った末に、勝平は承知した。

テンはハチの隣に腰をおろし、床に放り出された手を、そっと握った。

「朝になったら、おれたちも探しに出よう。花は並の子供じゃねえから、よけい心配だ」

「勝平、花は知恵が足りないんじゃない。たぶん、その逆だ」

「なに言ってんだ？　伊根」

花のことを打ち明けても、勝平はなかなか信じてくれなかったが、

「そういや、おれも妙に思ったことがある」

三治が言い出して、手習いのときの話をした。

「婆さまから本を出せと言われると、おれの横にいる花が、先に手にすることがあるんだ」

「本の色柄を、覚えていただけじゃねえのか？」

「三巻ぞろいで、見かけはまったく同じ本でもか？　違うのは、小難しい字の並んだ、書のお題目だけだぞ」

勝平が、うーんと唸(うな)った。

「知恵がまわるんだとしたら、帰ってこねえのはいよいよまずいな。かどわかしか、厄介(やっかい)に巻き込まれたか……」

どうやら納得した勝平は、別の心配をしはじめた。

それから三日のあいだ、柾さまに描いてもらった似顔絵を手に、花を探しまわった。長谷部家の皆にも手伝ってもらい、仲間が総出で当たったのに、無駄足に終わった。

ハチとテンは特に帰りが遅く、たった三日で、目に見えるほどやつれてきた。長屋に辿（たど）りつくなり、ハチは冬場のきりぎりすのようにぱたりと倒れ、そのまま眠り込んだ。

「大丈夫か、テン、このままじゃおめえのほうが参っちまうぞ」

ようすを見にきた勝平は、力なく飯を食うテンを、しきりと気遣っている。

「おれは平気だけど、ハチのほうは、もう声も出ない。ずっと花の名を呼びつづけているからな」

テンは不憫そうに、背を丸めて眠るハチに目を向けた。悪い夢でも見ているのか、時折、びくりびくりと肩がひくつく。

「テン、向島の辺りはまわったか？」

出し抜けの問いに、不思議そうな顔をしながらも、テンはうなずいた。浅草、下谷から上野、神田とまわっても見つからなかったものだから、川を渡った本所（ほんじょ）から向島まで、花の名を呼びながら、ハチは闇雲に歩きつづけた。

「向島は広いから、くまなくとはいかないけれど、それでも結構歩いたよ」

そうか、と言ったきり、腕を組んで黙り込む。思案するときの勝平の癖だから、そのままにしておいた。勝平が顔を上げたのは、テンが飯を済ませた後だった。

「伊根、おめえは明日から、惣介と一緒に向島で商売しろ」

「こんなときに稲荷売りなぞ……できないよ、勝平」

「まあ、待て。こいつは儲けのためじゃない、花を見つけるための策だ」

五歳の花の足では、そう遠くへは行けぬはずだ。その見当で、勝平を含む年嵩(としかさ)の四人は、この三日、浅草界隈(かいわい)の岡っ引きと、木戸番、自身番を、しらみつぶしに当たったという。各町にある番屋だけでもたいそうな数になるのに、さらに勝平は、花の消息と併せてもうひとつ、別のことを頼んでいた。

「花がいなくなったあの日、変わったことはなかったか、あるいは、あの日からようすが違ってきたものはねえか。そいつを確かめさせた」

取るに足らないようなことも漏らさず拾いあつめ、多少なりとも妙だと思えるものは、その家までたしかめに行けと命じた。

「で、今日になって、ようやく手がかりを見つけた」

「本当なの、勝平？」

勝平はうなずいて、順よく話してくれた。

「はじめは、登美がきいたんだ。浅草福富町に住む町医者のかみさんが、この三日、姿を見せねえっていうんだ」

たとえば風邪を引いて臥せっているとか、ちっともおかしなことじゃない。わざわざ人の口に上ったのには、それなりの理由があった。

「医者とは二十も歳が離れていてな、一緒になって三年だが、亭主は下にも置かぬほど大事にしているそうなんだ」

夫婦が睦まじくならんで歩く姿は、その界隈では、毎日かかさず拝む風物のようになっていた。念のため足を運んでみると、しばらく実家に帰っていると告げられて、さっさと追い返されちまったけれど、登美はそのお医者先生のようすが気にかかった。

「医者がひどくやつれているのが、まず妙に思えたらしい。それと終始迷惑そうにしていたくせに、花の行方知れずの話だけは、やけに身を入れてきいてくれた」

登美は勘がいい。医者がことに念を入れたのは、花が、「三日前にかどわかされた」というくだりだった。

これをきいた勝平は、すぐに浅草界隈を仕切る岡っ引きに知らせにいった。あの鷹みたいなお役人が、あらかじめ花のことを頼んでいたから、親分はすばやく動いてくれた。お医者のまわりを調べあげ、半日で耳寄りな話を拾ってきた。

「三日前の昼過ぎ、医者は駕籠に乗って出かけた。こいつは別段、めずらしいことじゃない。その医者は蘭方医でな、腕の良さは折り紙つきだ。評判をききつけて、遠くから駕籠で迎えにくることも多かった」

ところがその日は、先生が留守のあいだに二度目の駕籠がきたという。乗っていったのは、おかみさんの方だ。どちらもお武家が使う、立派な駕籠だった。

「日の落ちどきでな、内儀が駕籠に乗るのを、ちょうど通りがかった振り売りが目にしているが、そっから先は誰も姿を見ていない」

医者のお内儀は、そこでかどわかされたに違いない、と勝平は言った。

駕籠に乗るとき、「愛宕下ですか?」とおかみさんがたずね、駕籠につき従っていた侍は、「向島だ」と告げた。振り売りは、そう耳にしたそうだ。

「人の話を拾いながらその駕籠を追いかけてみると、大川から舟に乗り替えたとわかった。さらにその近くで、花を見たという者がふたりもいたんだ」

「じゃあ、花は、ひょっとして……」

「ああ、医者の内儀のかどわかしに巻き込まれたんじゃねえかと、おれはそうにらんでる」

親分は先生からきき出そうとしたが、脅しても透かしても実家にいるとの一点張りだった。ただ、あと二、三日で帰るからと、それだけは妙にきっぱりと言い切ったそうだ。

「脅しの種はわからねえが、遅くともあと三日のうちに、けりがつくってことだろう」

「それが終わったら、花も帰ってくる?」

「いや、逆の見込みもある。事が済めば、始末されちまうって目算も……」

「そんな!」

「だからな、伊根、おれたちで向島を探すんだ」

「お稲荷さまのご利益高い、ふっくらお揚げの稲荷鮨。お狐さまが大好きな、ほんのり甘い稲荷鮨」

緑の絶えた畑の中に、家や林がぽつりぽつりと浮いている。ひどくのどかな景色のはずが、人のいないがらんとした風情に、心細さばかりがつのる。

「花……本当にいるのかな……」

「いるさ。勝平が、そう言ったんだから」

傍らの惣介は、よいしょと天秤棒をかつぎなおした。このところ、勝平にかつぎ方を習っていたとかで、案外さまになっている。

「ちょっと、お参りしていく」

白髭（しらひげ）神社にくると、惣介と一緒に鳥居を潜（くぐ）った。

——どうか花が、帰ってきますように
浅草寺でのお願いをとりやめにしてください、と一心に祈った。

——ハチのお嫁さんになるのは諦めますから、その代わり花を……

違う、とふいに思った。あたしがいつもいちばんにお願いしていたのは、別のことだ。神さまにおためごかしなぞ、通じるはずがない。

——おっかちゃんの代わりに、花を返してください！

長いお参りを終えるまで、惣介は黙って待っていた。

向島を五つに分けて、五組で稲荷を売り歩く。勝平の策とは、それだけだった。どこかに花が捕まっていれば、売り口上（こうじょう）の声がきこえるはずだ、という勝平に、

「けど、向島の辺りは、テンとハチがまわったんでしょ？」

昨晩、あたしはそうたずねた。テンが横でうなずいた。

「でも、なしのつぶてだった。ハチの声が、花にわからないはずがない」

場所の見当が外れているか、あるいは、たとえ声が届いても、こちらに知らせる術がなければどうしようもない。テンの言い分はもっともだ。関わっているのは、どうやらお武家らしいから、広い屋敷の中なら、声さえ届かないかもしれない。

「ところがな、向島のでかい武家屋敷は十にも満たない。どれも大名旗本の下屋敷で、こいつは違うと、おれはふんでいる」

もしその中のどれかに内儀を連れ込んだとしたら、向島と明かすだけで足がつきやすい。そんな危ない橋は渡らないはずだ、と勝平は言った。

「粋人の使うような寮か、百姓家。そのあたりじゃねえかな。それに、もしも伊根が言ったとおり、花の知恵がまわるとしたら、ハチの声には応じねえように思う」

あたしにはわけがわからなかったけど、テンは、ああ、と納得顔になった。

「けどな、伊根、おめえの声なら、きっと花は応えてくれる」

「そんなの……わからないよ……」

「だって花は、伊根の後を追いかけていったろ?」

たちまち己の罪が胸いっぱいにふくらんで、涙になってあふれ出た。あたしは泣きながら、惣介にきいたことや、この何日かの汚い思いを、勝平とテンにぶちまけていた。

「あ、あたしがいけないんだ……あんなこと、浅草寺でお願いしたから……だから、だから花が……あたしのせいで花が……」

勝平にすがって、長いこと泣いた。からだ中の水が抜けて、もう一滴も出なくなると、テンが濡れ手拭いで顔を拭ってくれた。

「あのな、伊根、ハチはおそらく、花を嫁さんにするつもりはねえと思うぞ」

あたしが泣きやむと、勝平が静かな調子で言った。

「ハチにとって花は、この世でたったひとりの身内、生きるための縁(よすが)なんだ。本当の妹と思ってるなら、やっぱり嫁にはしねえだろう？」

勝平たちは、ハチのその気持ちを、なにより大事にしたかった。だからこそふたりが実の兄妹じゃないと、口には出さなかったのだ。隣で、テンもうなずいた。

「でも、花を嫁にと望む男は、それなりの覚悟がいるだろうな。箱入り娘の父親よりも、ハチは難儀だろうからな」

「おれにはまず、そんな度胸はねえな」

勝平が、大げさに首をすくめる。

「向島には、寺も社もたんとある。浅草寺で頼んだことは、とり消してもらえばいいよ」

穏やかなテンの声に、うん、と小さくうなずいていた。

惣介とあたしが任されたのは、白髭神社や新梅屋敷のある寺島村の辺りだった。売り口上の声が、冬枯れの田畑を越えてゆく。町中にくらべて家が少ないから、その前でだけ叫べばいい。

一軒の百姓家の前で、声を張り上げたときだった。口上が終わったとたん、中から高い声がした。知らない人には赤ん坊の泣き声にきこえるけれど、あたしにはすぐわかった。

「花だ！　花の声だ！」

思わず駆け出しそうになって、惣介に止められる。

「だめだ、勝平に言われたろ。このままはなれるんだ」

「けど、花が……」

「見るな、伊根。中のやつらに気づかれたら、花が危ない」

惣介に引きずられながらその場をはなれ、百姓家が見えなくなると、一目散に勝平の持ち場へ駆けた。

勝平は場所を確かめると、夜を待って玄太や三治とともに百姓家を探りにいった。

「間違いねえ。窓の隙間から覗いたら、花がいた」

「花は無事？　怪我とかしてなかった？」

「見たところ、大丈夫そうだ。たぶん、医者のかみさんだろう。若い女の膝の上にいた」

ほっとしたとたん、床に座り込んでいた。

「浪人風の侍が三人ばかり見張っていたが、今夜中にでもお縄にしてやると、親分が請け合ってくれた」

勝平はすでに、浅草の岡っ引きのもとへ、ひとっ走りしてきたところだった。

「ちびたちは登美と柾さまに頼んで、おれたちも大捕物を見にいくことにした。花を迎えにいってやらねえと」

「あたしも！　あたしも連れてって！　お願い、勝平」

口を尖らせた勝平は、仕方ねえなと許してくれた。

夜道を一生懸命駆けたけど、年嵩の男の子たちについていくのは大変で、あたしのせいでずいぶんと遅れた。着いたときにはすでに捕物ははじまっていて、百姓家を囲む御用提灯の灯りで、遠くからでもすぐにそれとわかった。

「逃がすな！　ひとり残らずひっ捕えろ！」

馬に乗り、陣笠をかぶった役人の声が響く。捕方の数は、びっくりするほど多かった。中に何人も踏み込んでいるらしく、どたんばたんと派手な音がする。

「すげえ、こんな大がかりなものたぁ、思ってもみなかった。浅草の見世物なぞよりだんぜん面白え」

三治の食いつきようはたいしたもので、玄太もすっかり夢中になっている。

「呑気に、見物決め込んでんじゃねえ。てめえらも手伝え！」

勝平とテンは、とび出そうとするハチを必死で押さえつけていた。たたけば骨の音がしそうなほどやせ細ったからだを、ふたりがかりでも止めきれない。玄太の太い腕が後ろから羽交い締めにして、ようやく動きを封じたが、とたんに喉が破れたような、しゃがれた声があがった。

「花っ！　花ーっ！」

「よせっ、見つかっちまう！」

子供がいていい場所じゃないから、あたしたちは木の陰に隠れていた。止めようとする勝平の腕をつかみ、テンが首を横にふった。ハチの遠吠えは、凍った空や地面を震わせて闇に溶けた。切なさでいっぱいになりながら、花の無事をただ祈った。

やがて、昼間きいたのと同じ幼い声が、ハチの呼びかけに応えた。捕方の腕をはなれた小さなからだが、子犬のようにまっすぐに駆けてくる。

「花っ！」

ハチの両腕が抱きとめて、しっかりと胸の中に抱え込んだ。

その肩が震えて、低い嗚咽(おえつ)がもれる。信じられないと言いたげに、テンが呟いた。

「……ハチが……泣いてる……」

鉛の面をかぶせたようだったハチが、泣けるようになった。

あたしの頭の上で、勝平が鼻をすする音がした。

「やっぱり、花ちゃんという名だったのね」

ある晩、勝平に連れられて、お医者先生のおかみさんが訪ねてきた。

「外から名を呼ぶ声がしたとき、抱いていた花ちゃんのからだが、びくっとしたんです。『あなたのこと？』とたずねたけれど、そのときはあたしにしがみつくばかりで」

おそらく、ハチを守りたかったんだろう。

ハチの声に花が応じなかった理由を、勝平はそう見当した。花が返事をすれば、ハチは後先かまわずあの家にとび込んでいた。きっとふたりとも危ない目に遭っていたに違いない。

「閉じ込められていたあいだ、花ちゃんのおかげで、どんなに慰められたことか」

かどわかしの大本は、さるお大名の病だった。なんでも股の付け根に瘤ができ、それがどんどん大きくなって、歩くことさえできなくなったそうだ。御典医は皆どうにもできず、最後に福富町の先生に白羽の矢が立った。殿さまを診た先生は、蘭方の医術なら、瘤を切ってとりのぞけると請け合った。

先生が二、三日のうち、と言ったのは、殿さまの瘤をとり去る日が決まっていたからだ。それをわざとしくじるようにと、先生はそう脅されていた。

「助けていただいたおかげで、主人は重い罪を犯さずに済みました。なんとお礼を申し上げて良いものか」

悪事を企んだのは、お大名家に出入りする御典医のひとりだった。己の面目だの蘭学嫌いだのが凝り固まって、こんなとんでもないことを思いついたと、勝平は呆れていた。

「主人が行った先で倒れたときいて、あわてて迎えの駕籠に乗ってしまったのですが、大川の船着場につくと、浪人者が何人も待ちかまえていたもので、怖くなって抗いました。それを土手の上から花ちゃんが見ていて」

逃げようとしたけれど、花はすぐに捕まって、一緒に舟に乗せられたという。

「身なりの良い侍は駕籠と一緒に引き上げて、残ったのは人相の悪い浪人ばかり。生きた心地がしませんでした。ことに鼻の頭が裂けている浪人が、いちばん気味が悪くて……」

「なんだって!」

仰天する勝平に、おかみさんの方がひどく驚いている。

「鼻頭に傷のある侍が、浪人者の中にいたのか!」

とまどいながらもおかみさんは、勝平の求めに応じて浪人の人相を詳しく話した。

「たぶん、間違いねえ。柾さまの仇の侍だ……。で、その浪人は、どこに? この前捕まった連中はおれも見たけど、それらしいのは……」

「あの前の日から、姿を見せなくなりました。残った仲間の話からすると、ご妻女の病が重くなり、家を離れられなくなったようです」

「妻女……」

勝平が、ごくりと唾を呑んだ。その後も色々とたずねたけれど、浪人たちは盛り場なぞで急拵え(きゅうごしらえ)に集められたらしく、互いの素性については知らず、おそらく雇った御典医も同じだろうと内儀はこたえた。

「覚えているのは、ひとつだけ。酒の肴(さかな)の話になって、市ヶ谷柳町の『ことや』のアラ煮がおいしいと、あの浪人が言ってました」

その先までおかみさんを送りに勝平が出ていくと、あたしは花にたずねた。

「花はひょっとして、鼻傷の侍を見かけたもんで、ついていったの？」

ハチの傍らで、花が首をうなずかせた。

「すごい、花。ほんとにすごいよ」

花はにこりと笑って、あたしの手をとった。

『イネもすごい』

あたしの手のひらに、指でそう書いた。頭の中が、急に忙しくなった。

「字を書けるなら、どうしていままで、あたしたちに知らせなかったの？」

大きな声で、叫んでいた。花はきょとんとした顔で、あたしを見ている。

「たぶん、ハチが傍にいたからだ」

ちょうど戻ってきた勝平が、花の代わりに応えてくれた。

「何を伝えなくとも、ハチがみんなやってくれるだろ？　何の不足も感じないから、ものを覚えることだけを、ただ楽しんでいたんじゃねえかな」

間近にある花の顔が、いままでと違って見える。なんだか、とても近しい感じがする。

五歳と決めたのは、婆さまや人別改めの役人だ。

花の本当の歳は、誰も知らない。

「良かったな、伊根、いい話し相手ができて」

大きくうなずくと、勝平が顔いっぱいの笑顔になった。

初雪の坂

澤田瞳子

山風が日毎に涼しさを増すにつれ、鷹ヶ峰を囲む山々は鮮やかな紅に変じた。今年は冬が早いのだろう。ようやく彼岸を過ぎたばかりというのに、御薬園からほど近い紙屋川の河原の芒はすでに呆け、旅人の眼を喜ばせた撫子の花も枯れ果てている。

「真葛さま、そろそろ河原の瞿麦子が採り頃のようどす。今日辺り、集めに行きまへんか」

荒子頭の吉左に誘われ、瞿麦子摘みに出かけた真葛が鷹ヶ峰御薬園に引き上げたとき、短い秋の日はもう西山に沈みかけていた。

瞿麦子は河原撫子の種子。この植物は全草に薬効があるが、わけても種子は強い消炎・利尿作用を有する。浮腫や月経不順にも効があるため、鷹ヶ峰御薬園ではこれを園内に植えるとともに、周辺の野山でも採取し、常に欠かさぬように心がけていた。

紙屋川は正しくは柏川といい、平安京の西堀川。川べりで禁裏御用の綸旨紙を漉いたことから、この通称がある。

西を大北山、東を洛中を一望する台地に囲まれた鷹ヶ峰は、中央を走る街道沿いに家々が立ち並ぶ狭隘な地。それだけに紙屋川は界隈の人々にとっても、大切な水源である。また御薬園の者たちには、水辺に生える薬用植物を育(はぐく)む、まさに命の川であった。

「真葛さまと二人がかりでしましたのに、まだ河原の半分も集められてしまへん。明日はもう一人、手伝いが必要どすな」

「では太郎介を連れていきましょう。あれも御薬園に奉公に来て、既(すで)に半年。山々の薬草について、学び始めてよい頃です」

　まだ十七歳の若い荒子の顔を思い浮かべ、真葛は弾(はず)んだ声を上げた。だがすぐに道の先の光景に目を留め、おや、と呟(つぶや)いた。

　鷹ヶ峰は、京都の七口の一つである長坂口(ながさかぐち)から山陰に続く丹波(たんば)街道の入り口。地方と京を結ぶ交通の要衝(ようしょう)だけに、道の西側には様々な商家・宿屋がずらりと軒(のき)を連ねている。

　街道の東側の土塀は、藤林(ふじばやし)家が管理する鷹ヶ峰御薬園のものである。その中ほどに構えられた屋敷門の前に、人だかりが出来ていたからだ。

　明るいうちに京に降りようと急ぐ旅人たちが、人垣の内側を興味深げに眺めている。馬の轡(くつわ)を取った馬子(まご)や近郷の畑からの帰りと思(おぼ)しき百姓までが、泥まみれの足を留めていた。

「何事でしょう」

「なんや、聞き覚えのある声がしますな」

小走りに駆け寄れば、覚えがあるのも道理。藤林家荒子の又七が、十二、三歳の少年と取っ組み合いの喧嘩をしている。いや、喧嘩というのは正確ではない。

「い、いたた。噛みついたな、この餓鬼ッ。いい加減におとなしくせえッ」

かきむしる少年の手を押さえ、噛みつく口をふさぐ又七は、秋もたけなわというのに、薄い額に大汗をかいている。かたわらでは太郎介が、二人の迫力に手だし出来かねる様子でおろおろとしていた。

体格は又七の方が勝っているが、少年は押さえようとする手をかいくぐり、足をばたつかせ、一向に抵抗を止める気配がない。

街道界隈に暮らす孤児であろう。垢じみた蓬髪に、ぼろ同然の膝切り姿……。声一つ上げず必死にもがく一方で、何とか逃げ道を見つけようと四方にすばしっこい目を投げる様は、どこか手負いの獣じみていた。

「何をしてるんや、お前ら」

「あ、吉左はん」

かけられた声に、気を取られたのが悪かった。

次の瞬間、少年は又七の向う脛を力いっぱい蹴飛ばすと、太郎介の手をかいくぐり、人垣の間をすり抜けて走り去った。小鼠か狐かと疑うほどの、逃げ足の速さである。

右の脛を胸元に抱え、又七がその場に跳ね上がった。

「い、痛たたッ。子どもの癖に、なんちゅう馬鹿力や」

「どうしたことです、これは。大の大人二人がかりで、子どもをいじめるとは」

周囲の眼も忘れ、真葛は思わず強い口調で彼らを問いただした。

御典医として禁裏にも出入りが許される藤林家に仕える者は身を律し、人々の模範になるよう努めねばならぬ。それが貧しい浮浪児に、暴力を振るうとは何事だ。

よほど痛むのだろう。脛を抱えてその場に座り込んだ又七は、真葛の言葉に、めっそうもないと首を横に振った。

「わしらはいじめてなんか、いいしまへん。真葛さま、あれは盗っ人でございまっせ」

「盗っ人ですと――」

意外な言葉に、真葛は少年が駆け去った方角を振り返った。

野次馬たちは早くもつまらなそうに散り始め、街道は鮮やかな夕映えに染め上げられている。宿屋の客引きの声に顔をしかめながら、又七はへえ、とうなずいた。

「半年ほど前から、倉の薬の減りがおそろしく早いさかい、妙やなと思うていたんどす。それとなく気をつけていたら、先ほどあの子どもが懐になにか詰め込んで、倉から出てきました。追っかけて暴れるのを取り押さえようとしていたところに、真葛さまたちが通りかからはった次第どす」

藤林家の薬倉は役宅の東、大宮村に通じる小路のそばに建てられている。真葛や義兄の匡、荒子たちが頻繁に出入りするため、鍵をかけるのは夜間だけ。風通しの目的からも、日中は原則開けっ放しである。

そこを狙っての犯行だろうが、まだ少年の分際で天下の御薬園に忍び込むとは、何というしたたかさだ。真葛は驚くよりも先に、まず呆れた。

御薬園の出納係である又七によれば、盗難の被害はこの半年で一貫（約三・七五キログラム）近く。ただ幸いにも盗られたのは秦皮（トネリコの樹皮）や釣樟（クロモジの根皮）など、比較的安価な生薬ばかり。量こそ膨大だが、金に換算すれば、損害は微々たるものという。

「それにしても、御薬園の倉に忍び込むとは。最近の孤児は、性悪なんどすなあ」

丹後・若狭に通じる丹波街道は、京の東北・大原口から伸びる若狭街道、鞍馬口に端を発する鞍馬街道と並び、山陰からの物資を運ぶ重要な街道である。

　日本海側からの物資運搬といえば、鯖街道とも称される若狭街道が有名だが、実際のところ、若狭からの荷は丹波街道を経て届けられることの方が多かった。険阻な山に囲まれた若狭街道に比べ、丹波街道は沿道に集落が多く、起伏も比較的穏やか。そんな点が、運脚の衆に重宝がられたのである。

　このため狭隘な地形にもかかわらず、鷹ヶ峰には京・丹波・若狭各国の材木商や薪炭商が軒を連ね、その活気は下手な宿場町の比ではない。商談を当て込んだ小料理屋や飛脚屋が賑わい、荷駄を連れた馬子が大勢行き交う同地は、京の生活を支える、まさに「京の口」であったのだ。

　町が栄えれば、多種多様な人々が自然と集まってくる。門付に立つ瞽女、用心棒と称して小銭をせびるならず者……それらに混じって、親のない子らが車押しや荷運びでその日の糧を得る光景は、鷹ヶ峰に育った真葛には馴染み深いものであった。

「その荷、五文で構へんさかい、持たせておくんなはれ。なあ、お願いや」

「やかましいなあ。ここには丹後田辺（舞鶴）の見樹寺さまから修理のためお預かりした、大事な香炉が入ってるんや。お前らに割られでもしたら、番頭のわしの首が飛んでしまうがな」

「それやったらおっちゃん。その肩荷だけでも持たせてくんなはれ。それやったら、三文でええさかい」

「阿呆、こんな軽い荷ぐらいなら、誰かて苦もなく持てるわい。ああもう、やかましいやっちゃ。ほれ、一文やるさかい、さっさと去なんかい」

今もちょうど、お店者らしき中年の旅人が、子どもたちにまとわりつかれている。だがいくら目をこらしても、立ち騒ぐ彼らの中に、先ほどの少年の姿はなかった。

孤児の中には空腹に突き動かされ、かっぱらいや置き引きを働く子もいる。先ほどの彼もおおかたそんな手合いだろうが、盗んだ品はどこかで金に替えねばならぬ。

鷹ケ峰には数軒の薬屋があるが、いずれも実直な商いをする店ばかり。あの少年はいったいどこで、薬を金にしているのだろう。

その夜、役宅の母屋で、匡と膳を並べて夕餉を取りながら今日の次第を語ると、

「それは、お嬢さま。おそらく小吉に違いありまへん」

と、匡の妻の初音とともに給仕をしていた通い女中のお兼が、口を挟んできた。

お兼は、馬子をしていた夫を数年前に亡くし、女手一つで七歳の娘を育てる寡婦。実家である長坂の登り口の茶店から、毎日半刻かけて藤林家に通って来る。街道筋に知己も多く、界隈の噂に詳しい働き者であった。

「こちらさまから坂を少し上がった安養寺さまの縁の下に、寝起きしている子どもどす。一年ほど前にどこからともなくやってきて、普段は農家の手伝いや車押しで、小銭を稼いでいるようどすわ」

鷹ヶ峰に出没する孤児は、六、七人。いずれも紙屋川の橋近くの地蔵堂で、群れ集まって暮らしている。だが一匹狼の性なのか、小吉は彼らとは行動を共にせず、安養寺の軒下で一人、寝起きしているという。

年は地蔵堂の子らより少し上。それでも一人ぼっちの境遇が心もとないのか、雨の日など、寺の築地塀の際でぽつんと膝を抱え、人気の絶えた街道を恨めしそうに眺めていると、お兼は語った。

「薬倉の品はすべて、ご公儀からの預かりもの。それに手をつけるとは実にふてぶてしい行いじゃ。されどまだ十二、三の子どもとなると、厳しく処罰するわけにもいかぬ。頭の痛い話じゃわい」

酒を嗜まぬ匡が、白湯をすすりながらつぶやいた。

「それで真葛、又七の具合はいかがじゃ」

「はい、よほど強く蹴られたのでしょう。脛の腫れがひどうございましたので、山梔子末と黄檗末を酢で練り、湿布を施しました。幸い骨は無事。二、三日で痛みも引きましょう」

山梔子末は梔子の果実を干し、粉末にしたもの。また黄檗末は黄檗の樹皮の粉末。どちらも打撲の特効薬であった。

かつて大津の酒屋で手代をしていた又七は、力仕事はあまり得意ではない。本当なら太郎介が率先して捕まえるべきだったが、彼は身体こそ大柄だが、頭の回転が少々ゆっくりに過ぎる。言われたことをしっかり咀嚼してから行動に移す、歯がゆいところの多い青年であった。

「とりあえず倉に鍵をかけ、不審な者の出入りを厳しく禁ずるのじゃな。さて、それで盗みを止めてくれればよいが」

匡は、なるべく穏便に事を済ませたい顔付きであった。

何せ鷹ヶ峰薬草園で採取された生薬は、匡が禁裏御典医として用いる分を除き、すべて公用に充てられるのが決まり。いわば小吉の盗みは、天下の財物に手を付けているに等しい。これが表沙汰になれば、匡は厳しい叱責を受け、小吉も重罪に処せられるに決まっている。少年自身のためにも、下手な騒ぎ立ては禁物であった。

「されど安養寺と言えば、光悦寺や常照寺と並ぶ鷹ヶ峰の名刹。かような寺の住持が、軒下に孤児を住まわせてそのままとは、どういう了見じゃ。食うに困る破れ寺でもないのじゃから、拾い上げて小坊主として使ってやればよかろうに。それが御仏の慈悲というものではないかのう」

光悦寺は元は、寛永の三筆にも数えられた江戸初期の町衆・本阿弥光悦の草庵である。

元和元年（一六一五）、徳川家康は洛外の警備を命ずるため、光悦に鷹ヶ峰の北方数万坪の原野を下賜。そこで光悦は一族郎党に加え、刀、蒔絵、絵画、陶芸などの各職人を同地に移住させ、鷹ヶ峰界隈に一種の工芸村を経営し始めた。

とはいえ工芸品は、作るだけでは意味がない。職人たちが手掛けた品々を買い取る商人が、街道を多く往来するようになると、それまで辻斬り追い剝ぎの横行する物騒な土地だった鷹ヶ峰は一度に繁栄。旅人も増え、現在の殷賑の基礎を築いたのである。

このため光悦寺には今も参詣者が絶えず、近隣の常照寺や源光庵とともに、人々の厚い崇敬を集めていた。

安養寺は比叡山の末寺。決して大きな寺ではないが、本尊の阿弥陀如来像が目病に効くとの評判で、参拝者も多い。それだけに匡の口振りには、不審の色が濃くにじんでいた。

「いいえ、安養寺の範円さまも、小吉を小僧にしようと、幾度も説いて聞かせたそうどす。けど小吉は言う事を聞かへんばかりか、無理やり頭を剃りこぼそうとした住職さまの手に噛みつき、逃げてしまったのやとか。そんなご無礼をしてもなお、本堂の床下から出て行かへんのどすから、よくよく肝が太いんどっしゃろなあ」

「なるほど、ご住持どのも少年の先行きに、見て見ぬふりをしているわけではないのだな」

安養寺の範円は、五十歳前後。若い頃は叡山東塔で修行を積み、その後長らく近江国坂本の里坊にいたとかで、首はがっしりと太く、肩も厳めしく盛り上がっている。よほど人使いが荒いのだろう。真葛が知る限りでも三、四人の小坊主が半年も経たぬうちに暇を取り、今では範円と七十過ぎの寺男の二人で寺を守っている。

それにしても範円のあの荒々しげな風貌を見る限り、かれに孤児を案ずる優しさがあるとは考え難い。首を傾げた真葛に気付いたのだろう。お兼は少しばかり言いよどみながら、更に言葉を続けた。

「これは噂どすけど、安養寺に修行に入った小坊主さんたちはみな、その、範円さまと折り合いがつかずに寺を出ていったとか。小吉を小僧になさろうとしはったのも、多分、そういうおつもりだったんどっしゃろなあ」

言外の意味がよく分からず、真葛は目をしばたたいた。だが「なるほど」と不快そうにつぶやいた匡の声音で、すぐに事態を飲み込んだ。

十歳前後の少年を性のはけ口とすることは、女人禁制の寺院ではさして珍しくない。ましてや叡山などという俗世と隔絶された山中で修行を重ねてきた範円であれば、その傾向がなおのこと強いのであろう。

ちらりと見た限り、泥と垢にまみれていたものの、小吉は目元涼しく、小刀で刻んだように顔立ちのきりっと引き締まった少年であった。親も家もない苛酷な生活に苛(さいな)まれ、それでもまだ生きる活力を失わぬ野性は、衆道(しゅどう)を好む者の眼に、室育ちの小坊主にはない鮮烈さを与えるのかもしれない。

「されどまあ小吉とやらも、深い思案があって、わが家を狙ったわけではあるまい。面倒かも知れぬが、しばらくの間は昼間でも倉にしっかり鍵をかけ、夜は荒子たちに見廻りを致させよう」

この時期は薬草園や山々で生薬を集めるかたわら、冬に備えて園の手入れもせねばならぬ。そんな多忙な最中に、更にもう一仕事増えるわけか。

だがそれもこれも、小吉にこれ以上の盗みを働かせぬためなら仕方があるまい。

真葛の溜息を映したように北風が強く吹き、障子の桟をかたかたと鳴らした。

気の早い梟の声が微かに響き、風音にまぎれてすぐに消えた。


一口に夜回りと言っても、藤林家が管理する薬草園は南北併せて千四百坪に及ぶ。四囲に築地塀と風塞ぎの杉並木が設けられてはいるが、もぐり込む隙間は幾らでもあった。

「まさか畝に植わっている薬草まで、引き抜いて持って行きまへんやろ。巡回するんは、倉の近辺だけでええと思いまっせ」

口ではそう言いながらも、やはり心配なのだろう。吉左は十人の荒子たちに御薬園の隅々まで油断なく見廻るよう指示を出した。しかしその夜も翌夜も、小吉らしき少年は姿を現さなかった。

無論、倉には一日中鍵をかけ、これまで以上に管理を厳重にしている。どうしても扉を開ける時は必ず誰か一人を近くに置き、決して監視を怠らなかった。

又七の調べでは、先日盗まれたのは、五味子が半匁。これは滋養強壮・鎮咳に効果のある朝鮮五味子の果実だが、栽培が容易なため、またしてもさしたる被害額ではない。鼠に食われたと思えば、充分諦めのつく話であった。

「できればこのまま、盗みを止めてほしいものじゃがのう」

匡たちの願いが通じたのか、何事もないまま半月ほどが経ったある日である。

「た、大変でございます、真葛さま」

集めてきたばかりの薬草を井戸端で洗っていると、表が急に騒がしくなり、太郎介が両手を振りまわしながら駆けてきた。

「きゅ、急病人でございます。匡さまはどちらにいはりますか」

「今日は朝から、東山の青蓮院さまに往診に行っておられます。病人であれば、わたくしが参りましょう。患者はどこのどなたですか」

たくしあげていた裾を下ろし、桶の水につけていた薬草を手早く引き上げる。後は誰か、荒子が片付けてくれるだろう。

「へえ、氷室屋のご隠居が昼餉を食うなり、泡を吹いてぶっ倒れたそうでございます。全身を痙攣させて、呼んでも揺すっても返事があらへんのやとか」

「氷室屋の仁右衛門どのがですか」

安養寺隣の隠居所で妾と二人で暮らす、室町の呉服問屋の隠居である。年は六十八歳。確かにいつ倒れても不思議のない高齢だが、酒も煙草もたしなまず、孫に近い年頃の妾との暮らしを楽しむ、矍鑠とした人物であった。

それに比べれば、妾のお佳のほうがずっと身体が弱く、真葛もこれまで幾度か往診をしているほどである。

彼女が倒れたのならまだ分かるのだが、と思いながら役宅の裏口に回ると、隠居所の小女が台所の土間で下駄の歯を鳴らして足踏みしていた。真葛の姿を見るや、青ざめた唇を震わせ、

「早う来とくれやす。お願いどす」

と、すがりつかんばかりの顔つきになった。

「昼餉はなにを召しあがられました。ここのところ体調を崩しておられたとか、顔色がすぐれなかったとか、そういうことはなかったですか」

藤林家から氷室屋の隠居所までは、ほんの五、六町の距離。薬籠を持った太郎介と坂道を駆けながら問いただすと、小女は頬を強張らせながらも、案外はきはきとした口を利いた。

「旦那さまはいつも朝が遅いので、お昼と言うても、召しあがられたのは粥が一膳と魚の煮びたしが一皿だけ。ただこの二、三日、風邪ぎみでひどい咳をしてはりま

したので、食後にお佳さまが煎じ薬を一杯、飲ませてあげてはりました」

「煎じ薬で人は倒れますまい。いったいどこで求められた薬です」

「はい、お隣の安養寺さまからいただかれた、咳止めどす」

「安養寺からですと――」

　そういえば隠居の仁右衛門と安養寺の範円は碁敵と、小耳にはさんだ覚えがある。小吉の顔がちらりと脳裏をかすめた。

　隠居所に着くと、小女は枝折戸を押し開け、真葛を庭先から母屋へと招き入れた。それとほぼ同時に障子戸が開き、丸髷の根方に地味な笄を挿した女が、泳ぐような足取りで縁側によろめき出て来た。仁右衛門の妾のお佳であった。

「ま、真葛さま、旦那さまが大変なことに――」

　彼女の背後の六畳間では、昼餉の膳が覆り、信楽の湯呑みが敷居際に転がっていた。こぼれた粥に白髪頭をひたして、仁右衛門が仰向けに倒れている。かっと眼を剝き、喉を掻きむしった姿は、脈を取るまでもなくとうに息絶えていた。

　そこここに残る嘔吐の跡からして、少なくとも衝心の発作ではなさそうだ。見開いたままの双の瞼を下ろし、真葛は湯呑みを取り上げて、中に残った匂いを嗅いだ。

「だ、旦那さまは――」

「お気の毒ですが、すでに事切れておられます。もはや手の施しようはございません」

それよりも、と真葛は泣き崩れそうになるお佳に、強い口調で畳みかけた。

「この煎じ薬の残りを出してください。今すぐにです」

突然の仁右衛門の死に、狼狽しきっているのであろう。お佳は言われるまま、足をもつれさせながら奥に引っ込み、すぐさま紙袋を手に戻ってきた。

「これまでも幾度か、安養寺さまからお薬をいただいてましたんや。そやけどこんなこと、一度もあらへんかったのに――」

仁右衛門の胸にすがりつき、お佳はわっと泣き伏した。

紙袋には干からびた山葵を思わせる鱗茎が数個、収められていた。大きさは親指の先ほど。太い節がそこここに浮いている。

「これを煎じてご隠居に飲ませられたのですか」

問いただしたが、お佳は激しく泣きじゃくるばかりで、ろくな返事が返って来ない。真葛は庭先に突っ立ったままの太郎介を振り返り、

「吉左を呼んできてください。それと念のため、青蓮院の義兄上にもご一報を」

と命じた。

ひょっとするとこれは、厄介（やっかい）なことになるかもしれぬ。嫌な予感が胸の中でふくらみ始めていた。

間もなく太郎介に導かれ、あたふたと飛んできた吉左は、その場の光景に一瞬棒立ちになった。だがさすがに年の功。すぐに我に返ると、小女に四囲の障子戸を閉めさせ、

「いったい、これはどういう騒ぎでございます」

と声をひそめた。

「わかりません。どうやら安養寺どのからいただかれた薬が、悪かったらしいのですが」

「どれ、ちょっと見せとくれやす」

真葛の手から紙袋を受け取った吉左はその中身を改めるなり、えっと声を上げた。

「これは毒芹（どくぜり）の根やおへんか。こんなものをご隠居はんに煎じて飲ませはったんどすか」

毒芹は水辺に生える、芹に類似した毒草である。やはりそうか、と真葛は息をつ

いた。

同じ有毒植物でも、附子(ぶし)（トリカブト）はすぐれた強心・鎮静作用を有し、薬としても有効。関節炎に効く大防風湯(だいぼうふうとう)、下痢や腹痛に効のある温脾湯(うんぴとう)などにも用いられ、その用途は一般に考えられているよりはるかに広範である。

一方、毒芹は花・葉・地下茎全てに毒性がある上、致死率が非常に高い毒草。紙屋川沿いに多く生えてはいるものの、どう扱っても薬には転用しようのない危険な植物だった。

「毒芹の根なんか飲ませたら、こない小柄なお年寄りは、ひとたまりもありまへんやろ。どういうわけでそんなことをしはったんどす」

「そ、そやけど」

このときようやくお佳が、袂(たもと)で顔を押さえて振り返った。悲嘆と困惑で、美しい瓜実顔(うりざねがお)が歪(ゆが)んでいる。

「確かにこれまでいただいてきたお薬とは違いますけど、その薬に間違いはないはずどす」

断定する口調に、真葛は一瞬、己(おのれ)の耳を疑った。

「安養寺さまが言わはるには、それは他ならぬ藤林家さまからいただかれたお薬やとか。そんな薬が、旦那さまを死なせるわけあらしまへんやろ」

「藤林家からですと。お佳どの、それはまことですか」

「うちは嘘なんかついていまへん。そうでなくても旦那さまは、お小さいとき、お医師の匙加減の過ちから、すぐ治る腹痛をむざむざ数ヶ月も長引かせたとかで、大の薬嫌い。安養寺さまはそれを案じて、『天下の御薬園で採れたこの生薬なら、万に一つの間違いもござらぬ』とわざわざお持ち下さったんどす」

「ですが――」

と抗弁しかけた真葛を、吉左が目顔で制した。

自分たちが知らないところで、御薬園の薬が市井に出回るわけがない。が、お佳はこれを藤林家から分け与えられたと、信じ切っている。取り乱している彼女にいくら間違いを指摘しても、素直に聞き入れられるとは考えがたい。下手をすれば仁右衛門の死は御薬園のせいだと、騒ぎ立てられかねなかった。

そうでなくとも万一の誤嚥を防ぐために、匡は薬草園への毒草の持ち込みを堅く禁じている。これが藤林家から出たものでないことは、天地神明に誓って明らかであった。

だとすれば安養寺の範円は何故、この毒芹を御薬園からの品と言ったのだろう。

どこかに大きな誤解か過ちが隠れているに違いなかった。

真葛が目まぐるしく頭を働かせている間に、吉左はお佳と小女に今後の処理をてきぱきと指示していた。

「とりあえず匡さまが戻り次第、すぐご検死をしていただきまひょ。お佳はん、ご隠居はんをこのままにしておけしまへんさかい、まず室町のご本家さまに女子衆(おなごし)はんを走らせなはれ。とりあえずご当代と、ご葬儀のことを決めななりまへんやろ」

「は、はい」

「それと町役にも、この旨をお届けしなあきまへんな。死因は藤林家の匡さまがすぐに明らかになされると、一言申し添えるんどっせ」

矢継ぎ早に指示を与え、吉左は真葛と太郎介を引きずるようにして氷室屋の隠居所を後にした。お兼をすぐに手伝いに寄越すと言い残すのも、忘れなかった。

「え、えらいことになりましたな、真葛さま」

人通りの絶えぬ街道を早足で下る吉左の顔は、蒼白に変わっていた。

「さよう案じることはありますまい。仮に奉行所(ぶぎょうしょ)が出張り、これは毒殺と言い立てたとて、毒芹の出どころが藤林家でないことは、少し調べればすぐに知れます。誰かが藤林家に罪を着せんと、御薬園の名を借り、仁右衛門どのに毒芹を渡したのでしょう」

「誰か——それはお隣の範円はんどっしゃろか。けど、そんなすぐに犯科人と知れるような真似を、頭のええお坊さまがするわけありまへんわなあ。誰かが範円はんをもあざむいて、毒芹を渡したんどっしゃろか」

隠居所を後にするとき、安養寺の本堂からは木魚の音と低い読経が漏れていた。

真葛は安養寺範円とはほとんど言葉を交わしたことがないが、荒法師がそのまま年を取ったような彼に、仁右衛門を殺害する理由があるとも考え難い。だとすれば誰が何のために、氷室屋の隠居を殺めたのだ。

何となく人目をはばかりながら御薬園に帰り着くと、ちょうど匡が青蓮院から戻って来たところであった。どうやら迎えとは行き違いになったらしい。

「いかがいたした。三人とも、顔色が悪いぞ」

「それが——」

真葛から一部始終を聞きとるや、匡はさっと頰を強張らせた。

匡はもともと、洛中の本道医。生真面目な人柄と医術の腕の確かさを買われ、先代信太夫の夫婦養子となった男である。それだけに、自分のあずかり知らぬところで、藤林家の名を冠せられた毒薬が、人一人の命を奪った事実に、驚愕を隠せぬ顔付きであった。

「並の死であれば、わしが出張る所ではない。されど他ならぬ御薬園の薬と称するものを服用しての不審死とあれば、黙っているわけにはいかぬわい」

どさくさまぎれに持ち帰ってしまった紙袋の中身を一瞥するなり、匡は着替えもせぬまま、中間を伴に屋敷を飛び出した。

それとほぼ入れ違いに、今度は町役を務める材木商・乙訓屋正之助があたふたと役宅に飛び込んできた。

本来なら、幕府直轄の御薬園は京都所司代預かり。いくら同じ町内とはいえ、町役の差配とは全く関わりない理屈である。

だが鷹ヶ峰に長く住まいし、街道沿いの人々から「鷹ヶ峰のご典医さま」と慕われる藤林家である。お佳から事の次第を聞かされ、取るものもとりあえずすっ飛んできた様子であった。

「いえね、あたくしは何も、藤林さまが氷室屋の隠居に一服盛ったとは思っておりません。ですがなにせ事が事。町役として見て見ぬふりも出来ませんので、こうしてうかがった次第でございます」

乙訓屋は藤林家の古くからの患家。役宅の一室に正之助を通し、真葛は彼と膝を突き合わせた。

「わたくしどもも、大変なことと考えております。今、義兄が氷室屋どのの別墅に向かいましたが」

「はい、先ほどそこでお目にかかりました。けど真葛さま、腹蔵ないところをお聞かせいただきたいのですが、氷室屋のご隠居が飲んだ薬は本当に、こちらさまから出たものではないのですか。今、安養寺さまにも立ち寄ってお聞きしてきたのですが、範円さまはあれは間違いなく藤林家さまの品と言うてはるのですが」

「そもそもこちらでは毒芹は扱っておりません。反対におうかがいしますが、だいたい範円どのはなぜ、御薬園の生薬なる品を所持しておられたのです。ご存知の通り、御薬園の薬はすべて禁裏とご公儀御用の品。一部の患家を除き、一般への頒布は許されておりませんのに」

その件ですが、と正之助はわずかに声をひそめた。

「真葛さまは小吉と申す、安養寺さまの軒下に暮らす子どもをご存知でいらっしゃいますか」

どうやら嫌な予感が、的中してしまったようだ。真葛は目を見開いた。

「その子どもがこちらさまの倉から薬を盗み、範円さまに買い取ってもらったのだそうです。偸盗は五悪の一。範円さまも常々、決して盗みはならぬと小吉を諭してはったそうどすが、奴は言う事を聞かぬばかりか、あろうことか藤林家さまの生薬に手を付けたのだとか。ですが事を荒立てては、小吉は天下の御薬を盗み取った重科人として処罰されてしまいます。哀れな孤児を庇おうと、やむを得ず薬を買い取り、親しい仁右衛門どのに分けて差し上げた結果がこの始末。わしの憐憫の情がかような事態を巻き起こしてしもうたと、範円さまは先程氷室屋の隠居所に駆けつけ、ひどく悔やんでおられました」

「それは違います。確かに小吉は数度、藤林家の倉に盗みに入りました。ですが、盗った品はいずれもありがちな生薬ばかり。それに先程も申した通り、わが家の倉には毒芹など置いてありませぬ」

薄ら寒いものが、真葛の背中を走った。なにか得体の知れぬ悪意が、鷹ヶ峰を取り囲んでいる。目に見えぬそれを弾き返そうとするかのように、真葛は強く唇を噛みしめた。

薬倉の盗難の仔細を聞き取るなり、乙訓屋正之助はすぐさま人を安養寺に走らせた。しかし本堂の軒下に小吉の姿はなく、先代住職の代から安養寺に仕える老下男は、昨夜から彼の姿が見えぬと語った。

「いつも日暮れに握り飯を二つ、縁側に置いてやってるのじゃが、それすら手をつけぬままでございます。他に行くあてがあるわけでもなし、いったいどこに参ったのでございましょうなあ」

曲がった腰に手を当てながらの口ぶりには人の良さと小吉を案ずる心根の優しさがはっきりとにじんでいた。

匡はまだ、御薬園に戻ってこない。勧めた茶に手もつけぬまま、乙訓屋正之助は斜めに差し込む秋の陽に眩しそうに眼を細め、ううんと腕をこまねいた。

「嫌な想像でございますけど、小吉はこちらさまから盗んだ生薬と偽り、安養寺さまにわざと毒草を渡したのではないですやろか」

先ほどからずっと胸にわだかまっていた疑念をとうとう吐き出したような、重い口調であった。

なるほど、毒芹は瞿麦子同様、紙屋川沿いに多く自生している。その気になれば幾らでも入手は可能だった。

「以前、無理やり小坊主にされかけて以来、小吉は範円はんを恨んでたんと違いますやろか。それでわざと毒草を渡し、範円はんを殺そうとしたとは考えられまへんか」

「ですが、範円どのは盗んできた品と知りながら、小吉から生薬を買い取ってやったのでしょう。恩人に、そのような真似をするでしょうか」

「いくら恩を与えたかって、所詮は親も知れへん孤児。いつこっちの手を噛むか分からへん相手です。範円はんのご厚情に甘えながらそんな恐ろしい企てを考えたとて、なんの不思議もありまへんやろ」

正之助は乙訓屋の四代目で、三十三歳。決して悪い人物ではないが潔癖な質で、意図せぬ傲慢さを常にどこかに漂わせている。貧しい者を見下し、街道沿いの乞食や浮浪児たちにもひどく冷淡であった。

確かに彼の弁は至極筋が通っている。小吉が昨夜から姿を晦ませている点も、その推測を裏付けているとも言えた。

「小吉は多分、範円はんがお隣に毒草を差し上げはったのに気づき、あわてて寺を飛び出したんでございましょう。本当やったら今頃、血泡を吐いて棺桶に入ってはったのは範円さま。それを思うと仁右衛門はんは、とんだ災厄に巻き込まれはったわけですなあ」

繁華な洛中にもぐり込んだのか、それとも街道を北にたどり、山深い丹波や若狭に逃げたのか。雪の来襲にはまだ少し間があるだけに、少年の足でも峠越えはさほど難しくないはずだ。

「とりあえず、何とか小吉を捕まえなあきまへん。やれやれ、えらいことになりました」

小吉がまだ近くに隠れている可能性もある。今夜のうちに若い衆を集めて、山狩りをしようとつぶやきながら、正之助は帰って行った。

その背を縁先から見送り、真葛は正之助の言葉を脳裏で反芻(はんすう)した。

自分は小吉をよく知らない。しかし小僧にされかけたというだけで、住職に殺意を抱くものだろうか。それに毒芹は確かに誰でも採取可能だが、なんの知識もない孤児が、どこでそんな知識を仕入れたのだろう。

考えれば考えるほど、小吉が犯人とは考えづらくなるが、あらゆる状況が彼の仕業と物語っている。

そうこうしているうちに、匡が竹皮草履(たけかわぞうり)を鳴らして役宅に戻ってきた。検死が終わったわけではない。氷室屋の隠居所には、町役や本宅から飛んできた氷室屋の主(あるじ)夫婦、更には奉行所から来た同心が詰めかけている。小吉の逃亡と盗難の経緯(いきさつ)から、彼らは藤林家に対する嫌疑をほぼ解いているが、念のために御薬園で栽培される薬草と近隣の山野から採取された生薬全百二十種の台帳を、彼らに開示するのだという。

「又七が一分の漏れもない台帳を作ってくれていたのは、幸いじゃ。過去十数年に遡るこれを見れば、皆、わが家は無関係と得心しよう」

責任感の強い匡のことだ。すべての台帳の中身をきちんと説明する心づもりに違いない。おそらく戻りは深夜になるだろう。

初音とともに夕餉を済ませ、早々に床に就いたものの、様々な疑念が入り乱れ、なかなか眠気が訪れない。風が出てきたのだろうか。杉木立が激しく騒ぐ音を聞きながら、それでもようやくうとうとと浅い眠りに落ちかけた時である。

どこかで鳥の啼く声がして、真葛ははっと眼を覚ました。いや、鳥ではない。数人が騒ぎ、怒鳴り合う声が、風に乗って微かに聞こえてくる。

寝間着に羽織をひっかけ、真葛はこっそり廊下へ出た。闇の奥に目を透かせば、役宅の北東、薬倉のかたわらで数人がもつれ合っている。提灯の灯りにぼうっと浮かび上がった顔が吉左や又七と気付き、彼女は急いで庭下駄をつっかけた。

「これは真葛さま。ちょうど今、声をおかけしようと思うていたところでした」

吉左が小腰をかがめる隣では、又七ともう一人の荒子が、暴れる子どもたちを懸命に取り押さえている。小吉か、と思ったが、相手は二人。しかも一人は十歳になるかどうかの少年。もう一人はまだ六、七歳と思しき少女であった。

どちらも小吉同様、蓬髪に継の当たった膝切り姿。荒子に両手を摑まれ、少女の方はすでに半べそをかいている。

垢まみれの貧しげな身形には見覚えがある。紙屋川近くの地蔵堂に暮らす、浮浪児に違いない。

「この子らが倉に忍び込もうとしてたんどす。そやけどこの間の小吉とは、どうも違う子みたいどすな」

「まったく御薬園の生薬ばかり盗み取るとは、鷹ヶ峰の孤児どもはどいつもこいつも不届き者ぞろいでございますわい」

又七が溜息をついたとき、年上の少年が違うわい、と怒鳴った。小吉と違って、臆病そうな顔つきだが、どうにも黙っておられぬといった声音であった。

「わしらは盗みに来たんやあらへん。小吉兄ちゃんを探しに来たんじゃ」

言うなり少年は、又七の向う脛を蹴飛ばそうとした。だがさすがに前回で懲りたのだろう。又七は思わぬ敏捷さでそれを避けると、暴れる彼を無理やりその場に引き倒した。

「放さんかい。どうせおっちゃんたちが、兄ちゃんをどこかに閉じ込めてるんやろ。わしらもそこにぶち込むつもりなんやな」

「小吉を探しに来たのですと」

真葛は少年の傍らにしゃがみ込み、あまり手荒はせぬようにと、目顔で又七を制した。

「おお、そうや。あの兄ちゃんが、わしらを見捨てていなくなるわけあらへん。おおかたお前らが、どこかに閉じ込めてるんやろ」

「小吉の行方は、わたくしたちも探しているのです。それよりもそなたたちは、街道の地蔵堂に暮らす子どもたちですね。小吉とはそんなに親しいのですか」

少年は先ほどから、小吉を兄ちゃんと呼んでいる。一匹狼で安養寺の軒下に暮らす彼相手とは思えぬ慕いようであった。

真葛の穏やかな物言いに、少年は警戒を含んだ上目使いで、じっと彼女を睨んだ。素早く周りを見回してから、渋々のように口を開いた。

「親しいもなにも、小吉兄ちゃんはわしらの兄ちゃんじゃ。わしたちが今日の食い物に困っていたり、雨で稼ぎがなかったりすると、兄ちゃんは決まって、米や銭を分けてくれるんじゃ」

「そなたたちは、地蔵堂暮らし。小吉は安養寺の軒下に寝起きし、住まいは離れ離れでしょう。それにもかかわらず、小吉はそなたたちを養っていたのですか」

真葛の問いかけに、少年はこくりと垢まみれの首をうなずかせた。それと同時にべそをかいていた少女が、わっと甲高い泣き声を上げて両手で顔をおおった。

ざあっと杉木立が騒ぎ、凍てつくような風が真葛たちの頰を叩いた。

少年は新太郎、少女はお澄と名乗った。地蔵堂に暮らす孤児は六人。その中で十歳の新太郎は最年長、お澄は小さい子らの母親代わりという。

新太郎たちが初めて小吉と出会ったのは、昨年の冬。数日にわたって雪が降り続き、街道から旅人の姿がぱたりと絶えた日であった。

冬は家のない彼らには厳しい季節。そのうえ旅人が減り、荷持ちや車押しが出来ぬとあって、新太郎たちは飢え切っていた。

水だけは裏の紙屋川で飲めるが、満足な食い物などもう幾日も口にしていない。腹だけがぷっくりと膨れ、指先がひどくむくんでいた。

地蔵堂の戸には閂などない。寒風が吹きすさぶたびに片扉がぱたぱたと開き、雪混じりの風が吹き入ってくる。

小吉はその戸の前にのっそりと立ち、狭い堂の奥を覗き込んだ。身を寄せ合う新太郎たちの姿に軽く目を見開くと、懐から数枚の小銭をつまみ出し、ほらよ、と投げ込んだ。

気まぐれな旅人や街道の者が、ごくたまに施しをくれることはある。しかしそのときの小吉はどこからどう見ても、自分たち同様の貧しげな姿。他人に金を与える余裕があるとは、到底思われなかった。

「なんや、取らへんのか。まあええわ、この雪は当分降りやまへんやろ。しばらくはおとなしく引っ込んでるこっちゃ。下手にうろうろ歩き回って、行き倒れてもつまらへんしなあ」

そのとき新太郎は年下の子たちを背にかばいながら、目の前の少年が自分たちを地蔵堂から追い出すつもりではと疑った。

世間は孤児に厳しい。悪さをしていないのに野良犬でも追い払うように石を投げられ、悪しざまに罵られる日々は、彼らの小さな心に年齢以上の傷と警戒心を与えていた。

地蔵堂は小さいものの頑丈な作りで、雨風は充分にしのげる。持ち主の神社はとうの昔に廃れ、誰が住みつこうと文句を言う者はいない。

家のない者にとって、安全な塒は命の次に大事な存在。新しくやってきた年配の浮浪児が、安住の宿を奪おうとしていると考えるのは、至極当然であった。

だが新太郎の心配をよそに、その日から小吉は数日置きに地蔵堂を訪れ、何がしかの金や食い物を置いて行くようになった。ある日、お澄がこっそりと後をつけ、小吉が街道外れの安養寺の軒下に寝起きしていると知ると、子どもたちは彼への警戒を徐々に解いて行った。

小吉は年上だけに要領がよく、旅人が少ない日には杉坂村や大宮村まで足を延ばし、野良仕事や牛馬の世話で小銭を稼いでくる。また荷車を押すついでに京見峠を越え、丹波まで足を延ばすことも珍しくなかった。

「まったく、しかたあらへんなあ。少しは自分たちの才覚で稼がなあかんやろが」

幼い子どもを背中にくくりつけた新太郎に舌打ちしながらも、少ない稼ぎを分けてくれる小吉。そんな彼を子どもたちはいつしか兄ちゃんと呼び、実の兄同然に頼りにするようになった。

少ない言葉の端々から察するに、彼はもともと近江坂本の生まれ。父母を早くに亡くし、彦根の親戚の元に引き取られたが、叔父や叔母と折り合いが悪く、七歳の秋に養家を飛び出したという。

定まった塒を持たず、流浪の暮らしを続けてきたためだろう。小吉は恐ろしく勝気な少年で、手間賃を誤魔化そうとした百姓相手に一歩も引かぬ喧嘩をしたり、子どもたちを邪慳にあしらった宿屋の井戸に猫の死骸を投げ込んだりと、ほうぼうで騒動を起こした。

だがそれらはすべて生き抜くための手段であり、貧しさゆえの妬み嫉みからではない。この一年の間に、自分たちは幾度小吉に助けられたか知れないと、新太郎は幾度もつかえながら語った。

「小吉兄ちゃんかて、御薬園の薬に手をつけたらあかんとは分かってたんや。そやけど、お三輪の病気が全然ようならへんさかい、どうしても薬を飲ませてやりとうて――」

「お三輪とは誰のことじゃいな」

子どもたちの境涯に哀れを覚えたのだろう。又七の物言いは、いつの間にか随分柔らかく変わっていた。まだ小さくしゃくりあげながら、お澄がとぎれとぎれに答えた。

「四つになる、うちの妹どす。まだ暑い時分にひどい下痢をして、それ以来、ずっと腹痛と熱が治まらへんのどす」

子どもたちがいくら懸命に働いたとて、彼らの稼ぎでは満足な薬など求められない。

小吉はお三輪の病を知るなり、止める新太郎たちを振り切って、藤林家に忍び込んだ。そして盗み出した生薬をそのまま洛中に運び、二条薬種街の生薬屋で入用な薬と交換してきたのであった。

薬種街には、洛外の百姓たちが野良仕事の片手間に集めた薬草を専門に扱う店がある。小吉もおおかたそんな店に、生薬を持ちこんだのだろう。安価な生薬をあえて選んだのは、不審を抱かれぬための知恵かもしれなかった。

「兄ちゃんが薬屋で聞いてきた話では、お三輪の病は下腹辺りの腑臓の爛れによるものなんやって。交換してもらった薬を煎じて飲んだら、少しはようなるんやけど、それが切れたらすぐにまた、腹が痛いとしくしく泣き出すんや」

こうして小吉は、しばしば御薬園に侵入するようになった。とはいえ又七に見つかった後は、さすがに危惧を抱いたのだろう。

「そろそろ、別の稼ぎ口を探さなあかんなあ」

と悔しげに舌打ちしていたという。

ところが、そんな悠長を言っておられない事態が勃発した。ここしばらくの急な冷え込みが悪かったのか、お三輪が急に病状を悪化させたのだ。

激しい腹痛に襲われ、いつもの薬を飲ませてもまったく効果がない。水が湯に変りそうな高熱にうかされ、粥も水もすべて吐き戻す苦しみぶりに、

「しかたあらへん。もう一度だけ、御薬園に忍び込んで来たる。危ないさかい、本当にこれが最後や。その代わり、大枚の金になる薬を盗ってきたるわい」

と言い置き、小吉が地蔵堂を出て行ったのは、昨日の明け方。だが待てど暮らせど彼は戻って来ず、不安に苛(さいな)まれた新太郎たちはとうとう、御薬園にもぐり込む決意をしたのであった。

「小吉が姿を消したのは、昨日の朝。それに間違いないのですね」

真葛の念押しに、子どもたちはこくんと首をうなずかせた。物静かな口調にほだされてか、二人ともに逃げる気配はない。そればかりかどうやら小吉がここにはいないと悟り、心細さに襲われ始めた様子であった。

「又七、台所の残りでいいですから、この子たちに何か食べさせてやってください。それから吉左は私の伴を」

「どこに行かはりますのや」

「地蔵堂に、お三輪とやらの様子を見に行きます。病が篤(あつ)いと聞いた以上、放って

おくわけには行きません」

真葛の言葉に、新太郎とお澄がぱっと顔を輝かせた。孤児とはいえ、街道育ち。藤林家の真葛のことは、噂に聞いていると見える。

あり合う薬を薬籠に詰めて地蔵堂に向かったものの、堂扉はぴったり閉ざされ、呼びかける声にも応答がない。それでいて内部には、人の気配が濃厚にうかがわれた。

「怪しい者ではありませぬ。新太郎とお澄から話を聞き、お三輪の容体を見に参っただけです」

辛抱強く呼びかけると、やがてぎぎ、と戸が開かれ、やせこけた子どもたちが怯(おび)え顔をのぞかせた。

むっと饐(す)えた匂いが鼻をついたが、ここで怯(ひる)むわけにはいかない。提灯を持った吉左を戸口に待たせ、真葛は四つん這(ば)いになって堂に入った。

内部は三畳敷きほどの板間になっており、天井は腰を屈(かが)めねばならぬほどに低い。もともと地蔵菩薩(ぼさつ)が安置されていたのか、中央に粗末な石の台座が据(す)えられていた。

そのちょうど真裏、積み上げられた藁(わら)の山の中に、小柄な少女がぼんやりとしたていた。

顔で臥せっている。長患いのせいか顔色はどす黒く、子どもとは思えぬ皺に覆われ

新太郎たちの話を聞く限り、お三輪の病はいわゆる大腸の炎症。だとすればしっかり養生させ、六君子湯もしくは十全大補湯の服用で快癒すると考えていたが、予想以上に衰弱がひどい。

鷹ヶ峰は今から、冬に向かう。すでに今夜などここまで駆けて来る間に、足袋の爪先がじんじんとかじかんでいる。

いくら雨露がしのげるとはいえ、お三輪はまだ幼い女児。この地蔵堂で臥せっていては、治る病も悪化する一方だろう。

真葛は自分を遠巻きにする子どもたちを、それとなく見回した。いずれも五、六歳前後。哀れなほどやせ、目を落ち窪ませている。

洛中市街の八割を焼き尽くした十四年前の天明の大火以来、京都の経済は悪化の一途をたどっている。御所・二条城・京都所司代などの要所を筆頭に、焼失家屋約四万、死者二千人近くを数えるこの大火は、応仁の乱以上の被害を京都に与え、火災から十数年を経た今も、洛中のそこここに大きな爪痕を残していた。

火事の後、すぐに元の勢いを取り戻したのは、材木商などごく一部の商店のみ。

織物を始めとするあらゆる手工業の生産が停止したため、多くの商家は軒並み営業中止に追い込まれ、ばたばたと店仕舞いした。

禁裏出入りの和菓子屋・近江大掾虎屋などもその例に洩れず、天明の大火以降、経営は驚くほどに悪化していた。当時の当主は、危機に瀕した経営を立て直すための改革を断行せざるをえなかったという。

町の経済が逼迫すれば、そこここで夜逃げや子捨てが起こるのは道理。この子どもたちも、そんな時節の申し子に違いなかった。

他人事ではない。真葛とて藤林信太夫が養ってくれなければ、同じように路頭に迷っていたかもしれないのだ。温かい藤林家で養父母の慈愛に包まれて育った自分は、たまたま僥倖に恵まれたに過ぎない。

子どもたちの黒ずんだ顔の中で、白目の明るさだけが妙に際立っている。不安と不信、心細さが入り混じったその目付きに、考えるよりも先に言葉が滑り出た。

「御薬園の長屋が、確か空いているはずです。ここにいては、治る病も治りませぬ。そなたたち、今から藤林家においでなさい」

「ま、真葛さま、なにを言わはります」

戸口にいた吉左が、狼狽した顔を突き出した。

「確かに荒子長屋には一室、空き部屋があります。そやけど、御薬園はご公儀からのお預かりもの。いくら真葛さまとて、勝手に人を住まわせたりしはっては、匡さまからきつう叱られまっせ」

「ですがこの子たちをそのままにはできますまい。薬瞑眩せずんば、その疾癒えずとの言葉もあります。義兄上とて、頭ごなしには怒られぬはずです」

眩暈がするほどの強い薬を用いねば、難病は治らない——すなわち、非常な覚悟をもって事に当たらねば物事は成し遂げられないとの『書経』の一説を真葛は引いた。

確かに、藤林家の邸内に引き入れた彼らが、大人しくしているとは限らない。小吉の如く、盗みを働く可能性とてある。乙訓屋正之助のように孤児たちを見下し、顔を背け続ければ、余計な災厄は避けられるだろう。だが——。

「病の者を放っておくことは出来ませぬ。将軍さまであろうが、主上（天皇）であろうが、病に臥せばみな同じ患者。身分や生まれ育ちで差別しては、薬園内にお祀りする薬師如来さまにも申し訳が立ちますまい」

薬園の東の薬師堂に安置される薬師如来立像は、丈六尺。藤林家初代・道寿綱久が鷹ケ峰御薬園を賜った際、故地である駿河から将来した古仏である。

瑠璃光を以て衆生の病苦を救うとされる薬師如来は、大国主命や少彦名命と並んで、医薬の守り手。苦悩解脱、飲食安楽を誓った如来の請願は、医に携わる者であれば常に懐持してしかるべきものであった。

真葛は子どもたちの中でもっとも大柄な少年に、お三輪を背負わせた。ぐったりとした身体は火のように熱く、眸は虚ろに潤んでいる。熱だけでも早く下げねば、取り返しのつかぬことになりかねない。

「さあ、行きますよ。新太郎やお澄も待っていますから、心配せずとも構いません」

「お姉ちゃん。ちょっと、ちょっと待って」

このとき、お三輪を背負った少年が振り返り、寝藁の山を指差した。

「その中に、大事なものが隠してあるねん。地蔵堂を離れるんやったら、それも持っていかなあかん」

彼の声に、他の子どもたちも、そうや、そうやったと言いながら、いっせいに寝藁に手を突っ込んだ。そのうちの一人が間もなく、古ぼけた油紙に包まれた書状のようなものを引っ張り出した。

「これ、小吉兄ちゃんからわしらが預かったものやねん。兄ちゃんが帰って来はるまで、わしらがしっかり見張っておかなあかんのや」

　大柄な少年は誇らしげにいい、それを自分の懐に突っ込んだ。

「大事なものであれば、自分の住処に隠しておくべきでしょう。それをなぜ、小吉はそなたたちに預けたのですか」

「そんなん、わしらは知らへん。けど小吉兄ちゃんはこれさえあれば、あの糞坊主に一泡吹かしてやれるねん、といつも口癖のように言うてたわい。兄ちゃんの塒は安養寺の本堂下。そんなところに隠してて、糞坊主に見つかったらかなわんと思うてたんとちゃうかなあ」

「あの糞坊主とは、誰のことじゃいな」

　少年からお三輪を受け取りながら尋ねる吉左に、彼は「なんやそんなことも知らへんのかいな」と唇を尖らせた。

「この辺で糞坊主というたら、安養寺の坊主に決ったるわいな。あいつ、わしらがいっつも腹を空かせてるのを知ってるさかい、やれ粔籹があるから分けてやろうの、豆餅を食べて行けだのと甘い言葉をかけてきよる。それでついふらふらと誘い込まれると、男だろうが女だろうが、裾をめくったり胸をべたべた触ったりと、気持ち悪いことばかりしよるねんで」

「寺男はんは、ええ人なんやけどなあ。坊主のしてることにも気づかんと、いつもにこにこしてはるだけ。まあ、年も年やから、しかたあらへんけど」

真葛と吉左は顔を見合わせた。だがそんな二人にはお構いなしに、少年は眉をしかめて吐き捨てた。

「兄ちゃんが一人で安養寺の軒下に暮らしてるんは、そんな坊主に仕返ししてやるためなんやそうや。わしかてあいつに一泡吹かせてやれるんやったら、兄ちゃんの頼みぐらい、何でも聞いたるわいな」

どうやら安養寺範円は、裏にまったく違う顔を隠しているようだ。

ようやく上った月の光が、藤林家へと急ぐ子どもたちの背を明るく照らし出している。彼らをとりあえず台所へ導きながら、真葛は月影の下、青い海のように葉をそよがせる薬園に考え込む目を投げた。

役宅の一間にぽうっと灯りが点され、初音の声が微かに洩れてくる。それに応じる低い声の主は匡であろう。ようやく、氷室屋の隠居所から引き上げてきたのに違いない。

さて、この次第を今すぐ匡に話すべきか。説教の一つや二つは元より覚悟の上だが、青蓮院への往診を皮切りに、朝から立ち働き詰めの義兄をこれ以上煩わせるのも気の毒だ。とりあえず今夜は子どもたちを寝かせ、明日、事情を打ち明けても構うまい。

心得たもので、又七は台所の残りの飯で握り飯を拵え、真葛の戻りを待ってい た。子どもたちにそれを与え、お三輪には煎じ薬を飲ませていたときである。

街道の方角でけたたましく野良犬が吠え、同時に屋敷門が慌ただしく連打された。

「何事でしょうか」

「病人かもしれまへんな。ちょっと見て参ります」

しかし跳ね立って行った吉左はすぐさま青ざめた顔で戻ってくると、敷居際に突っ立ったまま、

「真葛さまッ、えらいことになりました」

と声を筒抜かせた。どんな時でも礼儀正しい彼には、珍しい狼狽ぶりであった。

「安養寺の範円はんが殺されはったそうどす。下手人は例の小吉……寺の蔵に放り込まれていたのを抜け出して、本堂の鉦で範円はんを殴り殺したんやそうでございます」

「なんですと」

子どもたちは握り飯に食らいついたまま、ぽかんと吉左の顔を見上げている。だが何が起きたのか理解できぬのは、真葛たちも同様であった。

知らせにやってきたのは、乙訓屋の手代であった。

小吉は範円を殺害するとその足で、通夜の真っただ中であった氷室屋の隠居所に赴き、まだ残っていた乙訓屋正之助たちに犯行を自白……。帰路についていた奉行所の同心たちを呼び戻すやら、町役たちが再び招集されるやらで、隠居所の周りはすでに蜂の巣を突っついたような騒ぎという。

「されど小吉が寺の蔵に放り込まれていたとは、どういうことです」

「昨日から姿が見えへんというのは、範円はんの口から出まかせ。さっき、子どもらが言うてた通り、あれはまあえらい坊さんだったようでございます。氷室屋のご隠居と碁敵というのかて、表向きの話。本当は妾のお佳はん目当てでしげしげ通っていたのを仁右衛門はんに嫌がられ、これまで何度も口喧嘩になっていたそうどす」

それでも仁右衛門の側が折れ、両者の関係が何となく続いていたのは、氷室屋の隠居所が安養寺の借地だったためであった。しかし数ヶ月前、今度は碁の対局中の些細な揉め事から仁右衛門との仲が気まずくなると、範円は十年の借款契約の地所をすぐに立ち退けと言い出し、毎日のように直談判に乗り込んできた。

さすがの仁右衛門も、これにはひどく怒った。たかが碁の局面一つで地所争いなど非道にもことがある。これまで地主だと思って見て見ぬふりをしてきたが、隣り合わせだけに、範円が時折、貧しい子らを連れ込んで何をしているのか、彼はよく承知していた。

「そないご無体を言わはるんどしたら、私とて黙っていいしまへんえ。あんたさんが坊主の癖になにをしてはるのか、一度、町役の方々を招いて、よう聞いていただきまひょ」

孤児相手の淫らがましい行いだけなら、町役たちとてさほど咎め立てはすまい。だが範円が妾のお佳にしつこく言い寄ったばかりか、仁右衛門の留守に彼女を寺に引き入れようとした一部始終まですべて暴露すると言われ、範円は追い詰められた。

安養寺住職の職は、叡山から任ぜられたもの。町役の指弾を受ければ、職を追われかねぬためである。

「それで渋々、仁右衛門はんに詫びを入れはったんどすけど、腹の中は煮えくり返っていたんどっしゃろなあ。小吉から買い取った品と言うて仁右衛門はんに毒芹を渡し、見事、ご隠居に毒薬を飲ませはった次第のようどす」

　仁右衛門も当初はもちろん、持ち込まれる薬を用心していた。しかし範円は妾のお佳にも詫びを述べ、彼女の血の道の病に効く薬を持ち込み、数ヶ月がかりで隠居たちを懐柔したのであった。よくよく用意周到な男と言わざるをえない。

「可哀想なんは、犯人にさせられた小吉。いきなり範円はんに縛り上げられ、蔵に放り込まれてから丸二日、水も食い物も与えられなんだそうどす」

　所詮は親も家もない、野犬のような孤児。範円を殺そうと企み、それが失敗して逃亡したと言い立てれば、誰も疑うまいと考えたのだろう。そしておそらくはそのまま蔵の中で飢え死にさせるか、ほとぼりが冷めた頃に殺害するかして、山中にこっそり埋める腹だったに違いあるまい。

「されどそれが反対に、蔵を抜け出した小吉に殺されるとは。まさに因果応報。いや、仏罰と言うべきかも知れぬのう」

　いつの間にか廊下に立っていた匡が、うっそりと呟いた。びくっと震えあがって壁際にしさる子どもたちを見やり、大きな溜息をついた。

「いったいいつから、わが家は布施屋になったのじゃ。さりながら、この寒空に放り出すわけにも参らぬ。二条の亀甲屋にでも相談して、どこか奉公先を見つけてやるとするか――」

　匡の語尾がふと途切れた。板間の端に置かれた油紙の包みに、目を留めたのである。

「それは子どもたちが、小吉から預かったと申していた品です。そういえば、中身は何なのでしょう」

「ふむ、範円が幾ら悪人とはいえ、殺人は殺人。これから小吉は奉行所に引っ立てられ、ご詮議を受けることとなろう。まだ年少とはいえ、それなりの咎めは免れまい。大事な品なら、急いで当人の元に届けてやらねばならぬ。――よいな、中身を改めるぞ」

　子どもたちに断った上で油紙を取り払うと、中には一通の書状が収められていた。ひどく古び、なぜかわずかに端が焼け焦げている。その書面に素早く目を通し、匡ははっと表情を険しくした。

「いかがなさいました、義兄上」

「これは坂本の宿坊・康慶院の範円坊なる僧侶が、近江坂本の紙屋・永倉屋より三百両の金子を借りたとの借用証文じゃ。日付は寛政七年五月、すなわち今から七年前になっておる」

「康慶院の範円坊とは、範円どののことに違いありますまい。安養寺に入られる以前は、坂本の里坊におられたと聞いておりますゆえ」

「うむ、されど何故その証文を、小吉とやらが持っておるのじゃ」

子どもたちの耳を憚り、二人は廊下に出た。ひそひそと額を突きあわせている間に、気を利かせた吉左が又七を引っ張ってきた。

又七がかつて働いていた大津と坂本は、目と鼻の先の距離。それだけに又七は永倉屋の名に、へえ、知ってます、とあっさりうなずいた。

「永倉屋言うたら、叡山に経文用の紙を納めてはった大店。湖西では知らん者のない、羽振りのええ店でございました。そやけど確か六、七年前に火事を出し、類焼こそせえへんかったものの、お店は丸焼け。主夫婦は亡くなり、まだ六歳ぐらいの息子はんだけが、親族に引き取られたと聞いてますわ」

そういえば――と又七は細い目を宙に据えた。

「火元は店の裏口近くの、人気のない場所。火の出る少し前に、下駄ばきに頭巾姿の男が、近くをうろうろしていたそうで、永倉屋に恨みのある者の仕業やないかと、当時は随分噂になりました。そやけど怪しい者はとうとう見つからず、ご詮議はうやむやになってしまったはずどす」

「放火の疑いがあったということじゃな」

「そやけど主夫婦に加え、主立った番頭や手代までが亡うなってしまったとあって、結局真実は藪の中。今となっては、噂でしかあらしまへん」

「下駄ばきに頭巾姿の男か。里坊の僧侶は調べ上げたのだろうか」

「さあ、どうでっしゃろ。なにせ坂本の里坊は叡山の直轄地。下手な詮索をすると、天台座主さまのご威光を笠に着た坊さんが、額に青筋を立ててねじ込んできはりますさかいなあ。怪しいと疑うていても、証拠もなしには手出し出来んかったのとちゃいますか。そやけど永倉屋はんが坊さん相手に金貸しをしてはったとは、ついぞ知りませせなんだわ」

「まともな商人であれば、取引先とも言える里坊の僧侶に金を貸すまい。おそらくはさんざん泣きつかれてのことだったのであろう。これは、再度のお調べを願い出るべきやもしれぬのう」

　硬い声で呟き、匡は手の中の証文を畳んだ。その丁寧な手つきに、真葛は匡が自分と同じ推測を胸に抱いているのだと悟った。

　永倉屋に火を放った人物は、範円だったのではないか。下駄ばきに頭巾姿は、僧侶の外出着。人には言えぬ借金をした範円が金策に困り、借りた金をもみ消すために放火を働いた可能性は充分に考えられる。

だとすれば、小吉の犯行はただの自己防衛ではなく、立派に両親の仇を討ったということになる。

匡はすぐさま証文を懐に、氷室屋の隠居所に向かった。だが一足違いで小吉は同心によって、東町奉行所に引っ立てられていった後であった。

相次ぐ血腥い事件に、町役の乙訓屋正之助は憔悴した顔を隠せなかった。しかし匡から範円の借用証文を示されるや、さすがに表情を改め、大きな目をぎょろりと剝いて証文を見つめた。

「借金の証文としては、何の不備もありまへん。出るところに出れば、すぐさま返済を命ぜられる、確かなもんどす」

匡は満足げに、大きく一つうなずいた。

永倉屋が焔に包まれた時、小吉の両親はすぐさまそれが範円の仕業だと察したのだろう。彼の証文を息子に託したのが、その何よりの証拠だ。また父母は幼い息子に、無事に生きのびるためには、この証文の存在をすぐに明らかにしてはならぬと言い聞かせたのに違いない。だから小吉は引き取られた親族の許では、決して証文のことを口にしなかった。そして養家を飛び出した後、一枚の証文だけを頼りに親の仇を探し続け、鷹ヶ峰にたどり着いた。いつか親の仇を討ち、寺の住職に収まっている範円から三百両を取り戻すべく、暗い軒下で虎視眈々と機会をうかがっていたに違いない。

その彼に無実の罪を着せようとし、逆に撲殺された範円。もし彼がこの数年で罪を悔い、慈愛溢れる僧に変っていれば、こんな事件は起こらなかったはず。まさに因果は巡り巡り、範円は自らの手で己が首を絞めたのだ。

「では正之助どの、これよりそれがしとともに奉行所にご同行くだされ。範円を殺めたのは、確かに裁かるるべき罪。されど非はもともと、すべて範円にあります。ましてや永倉屋の火事が奴の仕業だったとすれば、小吉は見事親の仇を討った道理。お咎めを受けるにしても、それ相当の酌量をしていただかねばなりませぬ。すべてを証明するためにも、何としてもこの証文を届けてやらねばなりますまい」

かしこまりました、とうなずき、正之助は立ち上がった。

その横顔には賤しい浮浪児と侮っていた小吉への、わずかな畏敬が浮かんでいる。同じ大店の子として生れ、そのまま安穏と主に収まった自分と、親の仇を探してさまよい続けた小吉。己と彼の間の格差を思い、悄然としている様子であった。

藤林家の屋敷門の前に立ち、真葛は街道を南へと急ぐ匡と正之助を無言で見送った。

先ほど九つ（午前零時）の鐘が鳴ったばかりで、辺りは深い闇に包まれている。ひたひたと急ぐ二人の足音だけが静寂にこだまし、太郎介の掲げた提灯が暗がりの一角を切り取るように明るませていた。

範円の悪事を暴く（あば）には、相当な日数がかかるだろう。さりながら仮に永倉屋の放火と仁右衛門殺しが範円の仕業と知れたところで、小吉はやはり範円殺しの罪を背負わねばならぬ。人一人を殺め（あや）て、無罪放免になるわけがないのだ。

よくても所払い、悪くすれば追放。いずれにしても、小吉が鷹ヶ峰の土を踏むことは二度とあるまい。

帰る家もなく、たった一人、厳しい世間を生きて来た小吉。親の仇を取るため、地蔵堂の子どもたちとの共住みすら避けた小吉。彼にとって新太郎やお澄たちは、奪われた家族そのものだったのではなかろうか。

新太郎たちが小吉をどれだけ案じているか、真葛は彼に伝えたかった。言葉に出来ぬ胸からこぼれ出したかのように、白いものが風に舞い、遠ざかる匡たちの背に渦を巻いた。

今年最初の雪が舞った、凍える（こご）ほどに寒い夜であった。

寝小便小僧

中島 要

一

世の中は、とかく思い通りに行かない。

齢九歳にして、定吉はそれをよく知っていた。

でなければ、大工の父親が四年前に死ぬことはなかったし、母親が自分を養うために稼ぎに出ることもなかったはずだ。

生まれ育った長屋を出て、今にも崩れ落ちそうな松蔵店に引っ越すこともなかったし、近所の子らから貧乏人呼ばわりされることもなかったろう。

だからこそ、不本意なことが起きた場合、怒っても嘆いても一切無駄だとは重々承知をしている。

けれども、嫌なものはやっぱり嫌だし、面白くないものは面白くない。

いくら頭でわかっていても、こちとらまだ子供なのだ。

「まったく、いつまでふて腐れているつもりだい。お初ちゃんたちにやっと運が巡って来たんだ。あぁ、本当によかったねと、笑顔で送り出してやるのが同じ長屋のよしみってもんじゃないか。今まで世話になっておいて一体どういう了見だい」

義理固い母親からさんざん小言を言われても、あいにく尖った口の先はいつまで経っても引っ込まなかった。

それというのも昨年十月、はすむかいに住む太吉、お初の兄妹が思いがけない巡り合わせで六十両もの大金を得た。二人はそれを元手にして、親が手放した浅草の店をこの三月に買い戻したのだ。

先日、「今までお世話になりました」と引越しの挨拶に来たとき、母のお今は笑いながら「よかったねぇ、お初ちゃん」と両手を取って繰り返した。

すると、むこうは感極まり、大きな目に涙を浮かべて何度も何度も礼を言った。

対して定吉はというと、女二人のやり取りを横で眺めているばかり。とうとう最後まで「お初ねえちゃん、よかったね」と口にはしなかったのである。

断っておくが、他人の幸運を妬むようなさもしい根性からではない。

元々むこうは人に知られた小間物商、「榎屋」の娘である。人のいい両親が騙された挙句に亡くならなければ、こんなところにいないことなど子供心にもわかっていた。

そんな彼女が念願かなって、ようやく店を取り戻した。

重ねた苦労を知っている分、ケチをつける気はさらさらない。

そう、これで榎屋さえ松蔵店に近ければ……笑顔で祝福できたのだ。

どうしてねえちゃんの店は浅草なんかにあるんだろう。神明前か芝口なら、おいらも遊びに行けたのにさ。

自ずと口が突き出るのは、松蔵店が芝神明前にあるからだ。

浅草と芝――どちらも江戸の盛り場だが、その間およそ二里（約八キロメートル）ともなれば、子供の足で頻繁に訪ねて行けるものではない。

だからといって、「行かないで」と言えないことはわかっている。それでも目の前で喜ばれると、なんだか無性に腹が立つ。

今では近所の子供らに一目置かれる定吉様も、兄妹が越して来た三年前は、仲間外れにされたり、いじめられることが多かった。こっちはまだ六歳で、身体の大きい連中に太刀打ちできなかったのだ。

日々貧乏をからかわれ、腹立ち紛れに向かって行っても悲しいまでに歯が立たない。

自分がみじめで情けなくて……ひとりベソをかきながら往来を歩いていたときに、たまたま長屋に戻る途中のお初とばったり行き合った。そして、彼女は事情を聞くなり、細い眉をつり上げた。

——貧乏のどこが悪いのよ。騙して儲けるくらいなら、正直に働いて貧しいほうがよっぽどましってもんじゃないの。だから、定吉ちゃんも泣かないで。自分はかわいそうだといじけていたら、一所懸命働いているおっかさんが気の毒でしょ。

毅然とした口ぶりに定吉の涙が引っ込んだ。

同じ長屋に住んでいれば、素性や暮らしぶりは伝わって来る。お嬢さん育ちが慣れない茶店勤めでいろいろ苦労をしていることや、兄の太吉があらゆるものを切りつめて金をためていることは、母から聞いて知っていた。

それでも、お初はめそめそせずに胸を張って生きている。

ならば自分も見習おうと慌てて両手で頬をぬぐえば、客が手をつけなかったという団子を二つ、「ごほうび」として差し出された。

以来、なにかにつけて構ってくれる彼女がそばにいてくれたから、定吉は負けずにやって来られた。貧乏だからと卑屈にならず、いじめられても腐らずに、今ではその場で堂々とやり返せるまでになったのである。

いわば自分の恩人にようやく運が向いたのだ。笑って祝福してやるのが真の男というものだろう。

だが、しかし。

それでもなお。

会えなくなるのは嫌なんだから、仕方がないじゃないか。

さんざん思い悩んだ挙句、ふくれっ面のまま別れの朝を迎えてしまった。

すると、お初はどう思ったか、意外なことを言い出した。

「この先困ったことがあったら、おむかいの先生に相談なさい。ぐうたらで怪しい人だけど、にっちもさっちも行かないときはきっと助けてくれるから」

その真剣な表情についうなずいてしまったものの、言われた通りにするつもりはまるでなかった。

お初たちがいなくなったら、長屋には自分たち母子の他、目の不自由な按摩に年寄りの屑屋、客のつかない駕籠かき二人と酒びたりの浪人者——という冴えない住人だけになる。中でも娘が口にした「先生」こと赤目勘兵衛は、もっとも得体が知れなかった。

この男はちょうど雪隠を挟んだむかいに住んでいるのだが、とにかく年中酒びたり。定吉が長屋に越して来てから働いているのを見たことがない筋金入りの怠け者だ。

しかも、その素性や年齢を知る者はいないそうで、唯一確かなのは二本差していることくらい。

そのくせ物騒な噂――実は親の仇と狙われているとか、十手持ちに目をつけられている――といった話にはこと欠かないため、長屋の疫病神ともいうべき困った男なのである。

なぜ九歳の子供がそこまで知っているかというと、母のお今に「気をつけろ」と常々言われているからだ。けれども、それを真に受けて、びくびくしている訳ではなかった。

もしも、誰かがむかいの家に突然切り込んだとしても、自慢の足で逃げ出して巻き込まれない自信はある。なによりあんなものぐさぶりでは、追手がいるとは思えない。

さりとて、一応、腐っても武士。

万が一にも腰のものが「抜けば玉散る氷の刃」なんて代物だったら困る。はずみでむこうを怒らせて、ピカッ、バサッ、てことになれば、取り返しがつかなくなる。

ゆえに「さわらぬ神にたたりなし」となるべく近寄らないようにしているのに、なぜかときどき勘兵衛がこっちの様子をうかがっている――ような気がして気味が悪い。

聞くところによると、お初は浪人から名のある質屋を紹介され、そのおかげで大金を得ることができたらしい。

だからこその助言だろうが、正直言って面白くない。

あんな奴に相談したって役になんか立つもんか。お初ねえちゃんもおいらをずいぶん見くびってるぜ。

口に出しては言わないものの、こっそり小鼻をふくらませた。

そして、娘は長屋を去り、四月も半ばになったある晩のこと。疲れて帰って来た母親に、定吉は「お帰り」と声をかけた。

「まだ起きていたのかい。あたしもすぐに寝ちまうから、さっさとお休みよ」

「うん」

お今は長屋のすぐ脇にある料亭「ふきや」で仲居をしていて、帰りはたいがい四ツ（午後十時）を過ぎる。ひとり長屋で待っている子は、戻った母の顔を見てから寝床に入るのが常だった。

そこで今夜もいつも通り布団にもぐりこんだのだが、ほのかな尿意を覚えたので下駄をつっかけ表に出た。

さすがに四月になってしまえば、寝間着姿で飛び出したって夜風で震えることはない。それに雪隠は目の前だから、暗い中でもへっちゃらだ。

ところが、一歩踏み出すと妙に背中がぞくぞくする。あえて気付かないふりをして雪隠に入ろうとしたそのとき。

「あれっ」

知らず声を上げたのは、「ふきや」の黒板塀の前でなにか動いた気がしたせいだ。なんの気なしに近づいて確かめようとした瞬間、鬼の顔が目に飛び込んだ。

「……ひ、ひぃぃっ」

とっさに悲鳴を呑み下し雪隠の前で腰を抜かす。その間に鬼は消えたが、あいにく足に力が入らず立ち上がることができなくなった。

「定吉、いつまで小便をしてるんだい」

なかなか戻って来ないので様子を見に来てくれたらしい。咎めるような口ぶりの母の姿を見たとたん、腰砕けのまましがみついた。

「お、お、お、おっかぁ……で、で、で、出た……」

「おや、幽霊でも見たのかい。お前を選んで出るんなら、そいつはきっとおとっつあんだよ」

「ち、違うよ。あれは鬼だったもの。おっとうなんかであるもんか」

「こんな長屋にやって来る酔狂な鬼はいやしないさ。おとっつぁんじゃないのなら、通りすがりの狐だろう」

真っ青な顔で訴えられても、お今はまるで取り合わない。「しっかりおしよ」と引っ張られ、家の中に連れ戻された。

「こんな時刻に起きているから、妙な見間違えをするんだよ。明日っからはあたしの帰りを待っていなくていいからね」

「見間違えなんかじゃないよ。おいらはちゃんとこの目で見たんだ」

力いっぱい首を振ってさらに言い募ろうとしたら、母は遮るように「定吉」と名を呼んだ。

「子供のころはね、この世にあらざるいろんなものがたまに見えたりするんだよ。そういうものは大人になるとだんだん見えなくなっちまう。別に悪さはしやしないから、気にすることはないんだよ」

万事承知の顔つきできっぱり断言されてしまえば、ものを知らないこっちとしては黙り込むしか手はなくなる。渋々床に就いたものの、まぶたを閉じれば今見た鬼が闇の中に現れた。

こ、こんなもんは気のせいだ。なにかと見間違えたんだ。めったやたらに念じても、かえって細部が鮮明になる。己の目と覚えのよさが今度ばかりは恨めしかった。

角の生えた白い顔には金の両目が怪しく光り、大きく開いたその口は耳のそばまで裂けていた。おまけに鼻は欠けており、身の毛もよだつ恐ろしさである。

ひょっとしたら、自分は取り殺されるかもしれない。そうしたら、おっかぁはひとりぼっちになってしまう。

異形の影に怯えつつひとりもんもんと過ごす間も、隣りからは母の寝息が規則正しく聞こえてくる。

そのうち——より急を要する問題が出来して定吉は慌てた。

つまり、また小便に行きたくなってしまったのである。

そもそもさっきは腰が抜け、本来の望みを果たせていない。その後、驚きのあまり引っ込んでいたものが時を経てまたよみがえったらしい。

とはいえ、今は恐ろしくってひとりで表に出られない。母は熟睡しているし、「小便について来て」と言おうものなら、拳固を食らうに決まっている。

八方ふさがりの中ひたすら途方に暮れていると、夜の静寂に九ツ（午前零時）の鐘が重苦しく響き渡った。

あと三刻（六時間）で夜が明ける。化物はお天道さまに弱いから、朝日が出たらこっちのものだ。それまで、たった、三刻、だもの……それっぽっち、我慢できるはずだ。

だいたい、ついさっきまですっかり忘れていたのだから。

我慢するんだ、我慢できる、こらえろ、こらえるんだ……と我が身にしつこく言い聞かせ、定吉はしきりと身をよじった。

しかし、こういうときに限って、時は遅々として進まない。布団の中で身を丸め、必死に朝を待つうちに、いつしかすっかり眠ってしまい――。

「こら、九つにもなってなんてざまだいっ」

母に怒られ目を覚ましたのは、すっかり日の出た六ツ半（午前七時）過ぎ。しかも面目ないことに、布団に地図を描いていた。

「ほら、布団を干すから早くおどき。寝巻きも洗ってあげるから、さっさと着替えをしちまいな」

強い調子で言われるがまま、肩を落として従った。幸い今日は天気がいいので夜にはすっかり乾くだろう。

だが、仲間に布団を見られれば、自分のしくじりを知られてしまう。あいにくこの長屋には子供はひとりっきりなのだ。

いくら鬼が怖いからって、まさか寝小便をしちまうなんて。これじゃ悪餓鬼連中に馬鹿にされても言い返せねぇ。

我が身の不覚に頭を抱え、その日は長屋を出なかった。

おまけにどういう巡り合わせか、以来布団に入るたび、しばしば尿意を覚える始末。

結果、布団は毎朝干され、定吉は引きこもらざるを得なくなった。

二

「お前、どこか具合でも悪いのか」

引きこもって十日目の昼前、どういう風の吹き回しか、むかいの浪人が雪隠わきで話しかけてきた。

「始終布団が干してあるし、ちっとも家から出ないじゃないか。もし厄介な病なら、医者を紹介してやるぞ」

酒臭い息を吐きながら男はそんなことを言う。

きっと、相手にしてみれば破格の親切なのだろう。しかし、それを聞いた定吉はどん底まで落ち込んだ。

こんな冴えない飲んだくれから「病じゃないか」と言われるなんて。自分はこの先、どうなってしまうんだろう。

先の望みが見えなくて、思わず涙がこぼれてしまう。

とたんに勘兵衛は、ぎょっとしたような顔をして言い訳がましく訴えた。

「なんだ、なんだ。別に泣くようなことを言っておらんだろうが。幼くても男なら、これくらいで泣くんじゃない」

「あ、あんたなんかに、おいらの気持ちがわかるもんか。お初ねえちゃんは出て行っちまうし、おいらは寝小便ばっかりするし……この先ずっとこのまんまなら、おいらどうすりゃいいんだよぉ」

なんだか無性に泣きたくなって、辺り構わずしゃくり上げる。それを見た浪人はいっそう困った様子でしきりと身体を揺すり始めた。

「えぇい、泣くなと言っておろうが。泣かずになにが辛いのか、わかるように説明してみろ」

　言葉遣いは怒っていても、声には気遣うような響きがある。そんな相手を前にしてますます駄々をこねたくなった。

「ひっく、ひっく、そ、そんなこと、言ったって……」

「あぁ、もういい。だったら家の中で泣け。これではわしが幼い子供を泣かせているように見えるだろう」

　言うなり、勘兵衛は定吉の腕を取って自分の家に引っ張り込んだ。

　この状態でなかったら、きっとその手を振り払い、すぐさま走って逃げただろう。

　けれども、今はひとりぼっちで泣きたくなかったし、はずみがついてしまった涙はなかなか止まりそうにない。

　こんな姿を母が見たら、「桶一杯泣いたところでなにも変わりはしないんだよ」と厳しく突き放しただろう。

　対して、この浪人はこっちが疲れて泣き止むのをそばで待っていてくれるらしい。泣き続けている子供のわきで黙って腕を組んでいる。

　――この先困ったことがあったら、おむかいの先生に相談なさい。ぐうたらで怪しい人だけど、にっちもさっちも行かないときはきっと助けてくれるから。

ふとお初の言葉を思い出し、思う存分泣いてから、ようやくことの次第を語った。

「つまり、お前は十日前に鬼を見て以来、布団にもぐると小便に行きたくなるようになった。だが、怖くて雪隠に行けないせいで寝小便をしてしまう――という訳だな」

真面目な顔で念を押され、不本意ながらも小さくうなずく。

「そいつを見たのは、『ふきや』の黒板塀の前。白い顔には二本の角と金の目玉がついていて、鼻は大きく欠けていた。ただし、身体は闇に隠れてまるっきり見ることができなかった。そういうことでよいのだな」

「そうだよ」

「だとすると……そいつはたぶん鬼ではないな」

「なら、先生もおいらの見間違いだって言うのかい」

「いや、お前が見たのは鬼ではなく、鬼の面をかぶった盗人だと言っておる」

自信あり気に断言されて、定吉は目を見開いた。

「ええっ、盗人っ」

「そうだ。でなければ、鬼の顔だけ見えたというのがおかしいではないか。本当の鬼ならば、顔だけでなく身体だって白いはずだ。黒板塀の前にいて、顔しか見えないのは変だろう」

「そう言われれば、そうだよね」

「しかも、その鬼は鼻が欠けている。鬼が瘡毒病みで鼻っ欠けになるなんて聞いたことがないから、恐らくそいつの正体は、鼻の欠けた鬼面をかぶって黒装束に身を包んだ盗人に違いない」

定吉はうなずきかけてから、おかしなことに気が付いた。

「けど、こんな貧乏長屋に盗人は入らないよ。わざわざ盗みに入っても、持ってくものがありゃしないもの」

「どんな間抜けな盗人だって松蔵店には入りゃせん。お前が見たのは盗みをして逃げる途中に決まっておる。追手の目を逃れるため、一旦神明宮に隠れるつもりだったのだろう」

「どうして神明宮に。そんなところに隠れたら、罰が当たるんじゃないのかい」

「盗人を捕えるのは町方の仕事だが、連中は許可なく寺社地に立ち入ることができん。だから多くの悪党は一時寺社地に逃げ込むのよ」

わかるように説明されて、定吉はようやく納得した。

「しかし、そこの細い路が神明宮への近道だと承知しているとは……盗人はよほどこの辺りの地理に詳しいらしい。ことによったら、『霞小僧』はこの近所にいるかもしれんな」

「お、おいらが見た鬼は、霞小僧だったのかい」

今評判の盗人の名に知らず声を上ずらせると、浪人はあっさりうなずいた。

「この辺りの店で盗みに入られたと訴え出た者はおらん。それはすなわち、お前の見た鬼面の賊が霞小僧という証拠だろう」

もっともな相手の話に定吉は震えあがった。

現在江戸市中では、警戒堅固な商家から五十両未満の金が頻繁に盗まれているらしい。

なぜ「らしい」と付くのかといえば、被害に遭った商人がほとんど訴え出ないためだ。

――下手に騒いで店の評判を傷つけるより、この金額なら諦めよう。

素早く算盤をはじくような大店を選んで忍び込み、痛手にならない金額を難なく盗み取る。

そんな賊の存在がどうして知られているかと言うと、やられた店の女中や小僧が

「ここだけの話」と前置きをして、あっちこっちで漏らしたからだ。

加えて、話した相手から「実はうちも」と言われれば、「ここだけの話」ですまなくなる。そのため、町方は陰で探索に全力を挙げているそうだが、姿を見た者は誰もいない。だからこそ盗人は「霞小僧」と名付けられ、子供でさえも知っている有名人となっていた。

「そ、それじゃ、おいらはこの世でひとり、霞小僧をこの目で見ちまったってのかい。ど、どうしよう、先生。おいら殺されちまうかも……」

　血の気のすっかり引いた顔でとっさに浪人にしがみつけば、男はなだめるように「奴は人を殺さんだろう」と肩を叩いてくれた。

　だが、姿を見られた定吉はとても安心できなかった。

　今まで殺しをしなかったのは、霞小僧がその姿を誰にも見られていないからだ。あの晩、自分が月明かりで相手の面を見たように、むこうだってこっちの顔をしっかり見たに決まっている。

　盗んだ金を庶民に配る義賊だったらいざ知らず、相手は所詮私利私欲に駆られた悪党のひとりに過ぎないのだ。しかも訴えられないよう、あえてひとつの店からはまとまった金を盗まないほど用心深い奴である。

そんな男が、子供であっても、己の姿を見た人間を生かしておこうとするだろうか。

青い顔で訴えたら、勘兵衛が驚いた顔をした。

「なかなか賢いな。その年でそれだけ知恵が回れば立派なものだ」

「茶化(ちゃか)さないでおくれよ。おいらは本気で心配しているのに」

「別に茶化してはおらんぞ。なるほど、定吉がそう思うのも無理はない。ならば、しばらくわしの家にいろ」

「ええっ」

思いのほかの提案に定吉の額(ひたい)に皺(しわ)が寄った。

「なんじゃ、その嫌そうな顔は」

「だって……どうしておいらが先生の家に」

気の進まない顔で問えば、目の前の男が胸を張った。

「お前は母と二人暮らしで、ひとりでいることが多い。そこを霞小僧に襲われれば、一たまりもないだろう。ゆえに、このわしが用心棒をしてやろうと言っておるのだ」

「それは……」

本当に役に立つのかい――と言いかけて、危(あや)ういところで呑み込んだ。幸いむこうは気付かぬふうで得意になって話を続ける。

「さすれば、お前も安心して夜中の小便も減るだろう。それでもしたくなったときは、わしが雪隠について行ってやる」

その最後の一言が定吉の心を動かした。

疲れ切って眠る母を起こすのが申し訳なくて、夜中に小便に行きたくなってもついつい我慢をしてしまう。挙句、寝小便をしてしまい、また叱(しか)られるという困った流れが続いていた。

けれども、この男なら、一切の気兼ねなく叩き起こすことができる。

心の中でほくそ笑み、出掛ける前の母親に事情をすべて打ち明けて「夜はむかいの家に泊まる」と言い切った。

すると、母親は怒っているとも、困っているとも取れるような顔をした。本音(ほんね)は反対なのだろうが、代(か)わりの知恵も出ないのだろう。

なにより我が子の申し出が、疲れて眠る母親を起こさぬためだと知ってしまえば、駄目だとも言えないに違いない。さんざん逡巡(しゅんじゅん)した末に、「夜だけだよ」と念を押された。

「うん、朝になったらすぐ戻るって」

「それにしても、あの浪人がそんなことを言い出すなんて気味が悪いよ。なにかよからぬ魂胆があるんじゃないのかい」

「魂胆といったって、うちが貧乏なことくらい先生だって承知だよ」

「馬鹿だね、世の中には子供をさらって売り飛ばすような輩もいるんだよ。金持ちの子供ばかりが狙われるとは限らないさ」

「だとしても、むかいの九つになった子を売り飛ばしたりしないと思うよ。だって、すぐにばれちまうもの」

「……あれでも一応お侍だ。寝ているところを起こしたりして、無礼討ちとかになりゃしないかい」

「平気だってば。先生はおっかぁと違って、年中昼寝をしているもの。第一むこうから言い出したんだから」

「……でもねぇ」

なんだかんだと理由をつけてお今はぐずぐず渋っていたが、最後は嫌々承知をすると仕事に出掛けた。

そして、その晩。

「なんだって、目を覚まさないのさっ」

草木も眠る夜の八ツ（午前二時）、またもや小便に行きたくなって、定吉は浪人を起こそうとした。

ところが、いくら声をかけても、深酒をして寝入った男はまるでまぶたを開かない。

「おいらの小便に付き合ってくれるって言ったじゃないか。武士に二言（にごん）はないんだろ。やい、とっとと起きやがれっ」

腹立ち紛れに揺さぶっても、勘兵衛のいびきは止まらない。最後はベソをかきながら懸命に訴えたのだが、相手はとうとう目覚めなかった。

「いや、すまん。この通りだ」

翌朝、こらえ切れずに寝小便をした子供の前で、赤目勘兵衛は平身低頭（へいしんていとう）。

松蔵店の物干には、今朝も布団が飾られた。

三

なにが小便に付き合ってやる、だ。これだから大人は信用ならないんだ。

定吉は恨みたらたらで、目の前の浪人を睨（にら）んでいる。

母は昨夜の首尾（しゅび）を知り、「やっぱり思った通りだ」と言わんばかりの顔つきでさっさと「ふきや」へ出掛けて行った。それがなんとも悔しくて、文句を言いに戻って来たのだ。

「せっかく、おっかぁを説得して泊まり込んだってのに。先生が起きてくれなけりゃ、どうしようもないじゃないか」

「面目（めんぼく）ない。何分突然のことだったゆえ、昨夜はいささか不覚を取った。今夜は絶対起きるから、大船（おおぶね）に乗ったつもりでいろ」

「本当に、今夜は起きてくれるんだろうね」

「もちろんだ。二晩続けて同じ過（あやま）ちは繰り返さん」

「とか言って、今夜もぐうすか寝ちまうんじゃないのかい。そうだ、先生は始終酒ばかり飲んでいるから、叩いたって起きないんだ。今日は一日おいらのために、酒を飲まずにいておくれよ」

　子供の厳しい注文に勘兵衛の顔がたちまち引きつる。

「いや、それは……酒は百薬の長と言って、毎日飲まねば身体に悪い」

「そいつは、ほんのちょっと飲む場合だろ。『過ぎたるはなお及ばざるがごとし』だって、和尚様が言ってたやい」

　けんもほろろに言い返せば、意外そうにまばたきをされた。

「よく知っているな。誰に教わった」

「林仙寺の了善和尚様さ。おいらはあそこで手習いをしてるんだ」

「あの寺は神谷町だろう。わざわざあそこまで行かずとも、この近所にだって手習い所はあるだろうが」

「別にいいだろ。おいらは和尚様に教えて欲しいんだから」

　しごくもっともな指摘を受けて、勝手に頰がふくらんだ。

　松蔵店のある三島町から神谷町はまっすぐ行ければ十町（約一・一キロメートル）ほどだが、その間には増上寺の広大な寺領が広がっている。

　おかげで大回りをするために、子供の足では確かに遠い。

　するとなにを思ったか、勘兵衛が余計なことを言い出した。

「わしの知り合いが宇田川町で手習いの師匠をやっておる。わしの口利きなら、礼金なしで教えてくれるぞ。どうだ、一度行ってみるか」

大きなお世話を焼かれてしまい、定吉はきっと相手を見据える。

「たとえお礼がいらなくたって、墨や半紙は自分で用意しなくちゃならないんだろ。林仙寺なら、手習いに必要なものは全部和尚様がくれるんだぞ」

怒ったように言い切ったら、浪人は目を丸くした。

「その寺はすべて持ち出しで、子供らに手習いを教えているのか」

「そうさ、了善和尚様は本当に立派な人なんだから」

我がことのように胸を張ると、相手は急に腕を組んだ。

通常手習いをしようとすれば、師匠への謝礼以外に紙や筆代が必要になり、これがけっこう馬鹿にならない。

しかし、林仙寺では必要なものをすべて与えてもらえる上、学んでいる二十数名はみな似たり寄ったりの貧しい連中ばかりである。そのため引け目を感じることなく、手習いだけに集中できた。

そんな施しをする了善は、無住だった荒れ寺をたった一年で立て直したやり手の僧として知られている。若くて見た目がいいことに加え、加持祈祷による失せもの探しや説法もうまいと評判らしい。

その名に惹かれて、「ぜひ我が子を林仙寺で学ばせたい」と申し出る金持ちもいるそうだが、和尚はすべて断っていた。

――この寺で学んでいるのはみな貧しい家の子供ばかり。なに不自由なく育った子供と机を並べて学ぶのは、双方に酷と思われます。

手習い仲間の子供からその話を聞いたとき、定吉は思いやり深い師匠に心から感動したものだ。

聞かれぬ先から得意になって和尚のことをほめそやすと、むかいに座っている浪人が意地悪そうな笑みを浮かべた。

「さては、その坊主。大店のご新造や奥女中をたらし込み、金を貢がせているのだろう」

「な、なんてことを言うんだいっ。和尚様の悪口はおいらが承知しないぞ」

とんでもない言いがかりに眉をつり上げたとき、表から「ごめんください」と声がかかった。

「林仙寺の了善と申しますが、こちらに定吉がお邪魔しておりますか」

「お、和尚様っ、どうしてここに」

慌てて障子を開けに行けば、見慣れた顔の若い僧侶が心配そうに立っていた。

「長屋の木戸をくぐったときから、声が聞こえていましたよ。このところちっとも手習いに来ないので具合でも悪いのかと思っていたら……取り越し苦労だったようです」

静かに声をかけられて、たちまち俯いてしまう。

「ごめんなさい……」

「病でないのはなによりですが、一体どうしたのです。今まで熱心に学んでいたのに、困ったことでも起きましたか」

頭ごなしに叱られなくてひとまずほっとしたものの、まさか「寝小便をからかわれるのが嫌で閉じこもっている」とは言えない。

どうしようかと困っていると、横で勘兵衛がからかうような声を上げた。

「ちょうど今、立派な和尚様の話をこの坊主から聞いたところだ。なるほど、おぬしなら、身体ごと寄進したいと女が押し掛けても不思議はない」

いきなり喧嘩を吹っ掛けられて、さすがに和尚の顔がこわばる。慌てて定吉が睨みつけたが、浪人は無視して話を続けた。

「でなければ、檀家のいない貧乏寺がすべて持ち出しの手習いなど続けられるはずはない。ひとり二人ならいざ知らず、聞けば二十人余りの筆子（生徒）がいるそうじゃないか」

「ひどいよ、先生。あんまりだよ」

根も葉もない言いがかりにたまらず声を張り上げると、僧の顔が和らいだ。

「そういえば、まだお名前をうかがっておりませんでした。拙僧は林仙寺の住職、了善と申します。失礼ですが、あなた様は」

「わしは赤目勘兵衛と申す。見ての通り、定吉のむかいに住む貧乏浪人だ」

「左様でございますか。定吉がお世話になりまして、誠にありがとうございます」

出合いがしらの暴言などまるでなかったかのように、若い僧侶は丸めた頭を深々と下げる。落ち着き払ったその態度に浪人が「ふん」と鼻を鳴らした。

「無住の荒れ寺を立て直し、貧しい子らには施しをする。そんなことをしていれば、いくら金があっても足りん。おぬしにはたいそうな金主がついているらしい」

「特に金主などございません。加持祈禱を行った際、過分のお志を頂戴することがありますので、それで掛かりを賄っております」

するど、浪人はにやりと笑った。

「おぬしの祈禱の評判はわしも聞いたことがある。ならば、その力で定吉の寝小便を治してもらえぬか」

「えっ」

「な、なんでばらしちまうんだよぉ」

あっさり事実をしゃべられて、真っ赤になって抗議する。

一方、了善はよほど意外だったのか、「なぜ、そんなことに」と聞き返した。

「実はそこの雪隠わきで、こいつは鬼の面をかぶった怪しい男を見たんだよ。以来布団に入るたび小便に行きたくなるんだが、怖くてひとりじゃ雪隠に行けない。結果、毎日寝小便をしてしまうって寸法だ」

「もう、黙れってば」

こちらの気持ちにお構いなく、浪人は洗いざらい教えてしまう。

定吉がすっかり立場をなくして泣き出しそうになっていると、なぜか了善はほっとしたように微笑(ほほえ)んだ。

「そういうことなら、手習いには来られるでしょう。また明日からおいでなさい」

「で、でも……」

「雪隠にひとりで行けないのは、暗くなってからのはず。手習いは明るいうちだけだし、休む理由にはなりません」

言い方はごく穏やかだが、師匠の言葉には否やを言わせぬ強さがある。

けれども、定吉は首を振った。

「おいら……行けない。行けないよぉ」

「なぜです」

「だって……おいらが寝小便をしてるって、きっとみんなは知っている。お寺で顔を合わせたら、馬鹿にされるに決まってるもの」

消え入りそうな小さな声で抱える不安を打ち明けた。

去年からぐんと背も伸びて、力だって強くなった。

いろはも読めるようになり、威張っていた連中とも対等な口を利くようになった。

その自分がよりによって、寝小便をしているなんて。

噂を聞いた連中がどう思うかと想像すれば、たちまち顔が熱くなる。

日頃強気でいる奴がいい年をして寝小便――これが他人のことならば、定吉だって腹を抱えてそいつを嗤ったはずなのだ。

ゆえに、今は無理なのだと必死になって訴えると、相手はじっとこちらを見据えた。

「馬鹿にされると恐れるのは、常日頃お前自身が他人を馬鹿にしている証しです。そんな気持ちを戒めんと、御仏が罰を与えたのやもしれませんよ」

思いがけない厳しい指摘に定吉はたまらず泣き出した。

「そ、そんな……おいらはどうすればいいんだよぉ」

「まず、人を見返そう、見下そうとすることをお止めなさい。あらゆる人を尊敬する謙虚な気持ちを持ち得れば、人にどう思われるかと怯えることはなくなります」

師匠の言いたいことはわかるが、九歳の子供には難しすぎる注文である。

言い返せなくて黙っていたら、代わって勘兵衛が異議を唱えた。

「おっしゃることはごもっともだが、この子は鬼面の賊を見ておる。手習いの行き帰りにそやつが襲って来たらどうする」

「そのような者が襲って来ると、赤目殿は本当に思われますか」

「なに」

「定吉が見たのは賊がかぶっていた面に過ぎません。素顔ならばともかく、面を見られたからといって果たして襲って来ましょうか」

冷静かつもっともな意見に浪人も沈黙し、了善は再び定吉のほうへ向き直った。

「さあ、どうします。このまま人の目に怯え、賊の影に震えて日々を無為に過ごすのですか。そのようなことで母上を助ける立派な大人になれますか」

痛いところをまともに突かれ、知らずこぶしを握りしめる。

そして、定吉は涙に濡れた顔を上げた。

「……明日から、また手習いに行きます」

覚悟を決めて言い切ると、うれしそうにうなずいて僧侶は長屋を後にしたが、

「定吉、あの和尚は何者だ」

不意に勘兵衛が厳しい顔つきで尋ねて来た。

「何者って……どういう意味さ」

「あやつ、身のこなしに隙がなさすぎる。なにより声をかけられるまで、このわしが気配に気付かなんだ」

不本意そうな呟きに定吉は心底呆れかえった。

「先生なんて、おいらが両手で揺さぶっても目を覚まさないじゃないか。障子のむこうに人がいたってわかるもんかい」

むっとした顔で言い捨てると、浪人が慌てて弁解する。

「いや、あれはたまたまだ。普段は表に誰かが立てば、すぐさまそれと察するのだぞ」

「そんなの信じられるもんか」

これ見よがしにそっぽを向けば、相手はさらに言い募った。

「第一、自分の筆子が物騒な賊を目撃したのに、あの落ち着きぶりは変ではないか。町方に届けろとか、行き帰りは寄り道するなとか、もう少しお前の身を心配したってよさそうなものだ」

その部分に関しては定吉もちょっと意外だったけれど、師匠の悪口を言われたくなくて「そんなことない」と打ち消した。

「和尚様はなんだってお見通しなんだもの。その和尚様が大丈夫だって言うんだから、きっと大丈夫だよ」

むきになって言い返したら、ややあってぼそりと呟かれる。

「……だとすれば、大丈夫だという確かな根拠がどこにあるか、だな」

「なに、それ。先生、なんのことさ」

怪訝な顔で尋ねたが、勘兵衛は答えてくれなかった。

四

翌日、定吉は目いっぱい緊張しながら林仙寺を目指して歩いていた。

とにかく人を尊敬しろ——和尚にそう言われたものの、手習いに来る子供の中で自分はけっこうできがいい。

一年経ってもいまだに仮名がちゃんと書けない奴や、三日経つと習ったことをすべて忘れてしまう奴を尊敬なんてできやしない。

ちなみに昨夜は、勘兵衛が夜の雪隠行きを付き合ってくれたので、なにごともなく朝を迎えることができた。

おいらはもう寝小便をしないんだから、からかわれたって無視すりゃいいんだ。それでもうるさく言うようだったら、拳固で殴って黙らせてやる。

来るべき瞬間に備えながら、久しぶりの本堂に足を踏み入れたとたん。

「あっ、定吉だ」

「今までどうしていたんだよ」

「和尚様が心配なさっていたんだから」

いつもと同じ着物と顔の仲間に笑顔で迎えられ、構えていた分拍子抜けした。

落ち着いて考えてみれば、三島町から林仙寺に通っているのは自分だけだ。近所の連中はいざ知らず、ここでは知られていないのかとほっとしかけたとき。

「よう、定吉。今日も晴れてよかったなぁ」

日頃なにかと張り合っている車坂町の茂太がめずらしく声をかけて来た。

その勝ち誇った気配から、こっちの弱みを握っているのは恐らく間違いないだろう。

それでも一縷の望みをかけて「どういう意味さ」と聞こうとしたら、いつもそそつかしいお玉が脇から急に口を挟んだ。

「茂太の馬鹿っ。そういうことは言わないってみんなで約束したじゃない」

「べ、別にこれくらいはいいじゃねぇか。おいらはただ、天気がよくてよかったなって」

「そうね、あんたのおっかぁだって、雨は困るって言ってたもの。茂太がいっつも厠の中で着物の裾を汚すから、雨が降ったら着せるもんがなくなっちまうって。いっそ着物をひざ丈にちょん切ってやりたいくらいだってさ」

思いがけない成り行きに周囲の子らはくすくす笑い、悪餓鬼は顔を真っ赤に染めた。

「な、なんだよ、お前だって年中筆を落っことしちゃ、着物に墨をつけてるくせに」

「でも、あたしは自分で着物を洗うもの」

「こ、この、おたふくっ」

「なによ、とんま」

男女が口論に発展すると、まず男に勝ち目はない。

さりとて諦めきれないのか、茂太がなにやら言いかけたところへ了善が姿を現した。

「なにを騒いでいるのです。仏様のおわすところで失礼ではありませんか」

厳しい口調で言われてしまい、子供たちは一斉に手習いの支度を始めたが、定吉は内心それどころではなかった。

お玉は明らかに自分をかばおうとして、茂太に喧嘩をふっかけたのだ。

しかも「そういうことは言わないってみんなで約束した」と言っていた。それはつまり、本堂にいる全員が自分の秘密を知っているということだ。

そう思い至ったとたん、頭のてっぺんに血が昇った。

みんなしておいらのことを馬鹿にして。陰でこっそり嗤うんなら、面と向かって言えばいいのに。

寺に来るまでは直接言われることを一番恐れていたくせに、あえて黙っていられると、それはそれで腹が立つ。

結局、久しぶりの手習いをうわの空で終えるなり、問答無用でお玉の手を引き本堂の外に連れ出した。

「おい、さっきのあれはなんだよ」

「さっきのあれって」

「みんなで約束したってのは、なんのことだって聞いてんだ」

怒鳴るように言い直せば、お玉が慌てて口を押さえる。

「やだ、あたしってば、また」

「やだ、じゃねぇよ。どういうことか説明しろ」

呑気な相手に苛立って睨むような目つきになる。すると、むこうはすまなそうに小さな顔を傾けた。

「だって、定吉ちゃんは寝小便をしてるってみんなに言われるのが嫌で、お寺に来なくなったんでしょ」

そして、実際言われれば、やっぱり顔が熱を持つ。

「そ、それは……」

「ちっともお寺に来やしないから、三島町の近くの子にあんたの様子を聞いたのよ。そしたら長屋には毎朝布団が干してあって、当の本人はまるっきり出て来ないって言うじゃない。それだけ聞けば、こっちだって察しはつくもの。だから、あんたがお寺に来たら、みんなで知らないふりをしようって決めたのよ。茂太だって『武士の情けだ』とか言ってたくせに、あんなことを言い出すから、あたしが慌てて止めたんだけど……どうしてこう、そそっかしいかな」

言いづらそうに告げた少女はしょんぼりと肩を落とす。その表情にうろたえながら、定吉は疑問を口にした。

「い、いや、そ、それは……けど、どうして……」

しどろもどろに問いかけると、相手は一転にっこり笑った。

「だって、あんたは怒らないでくれたもの」

「えっ」

「ほら、半年前にあたしが硯(すずり)を落としたとき、そばにいた何人かに墨がかかっちまったでしょ。そのとき、隣りにいたあんたが『わざとじゃないなら、しょうがねえ』って言ってくれたじゃない」

「そういえば」

そんなこともあったっけと着物に残る跡を見る。少女はひとつうなずいて、照れくさそうな顔で続けた。

「あたしね、そそっかしいのはわかっているから、これでも気をつけてんのよ。でもいつだって、あっと思ったときには遅いの。あの時もどうしていいかわかんなくて、謝ろうにも言葉が出なくて、正直泣きたい気分だった。だけど、あんたの言葉のおかげで他の子たちも許してくれた。だから、これは恩返し。恩に着なくていいからね」

言いたいことを言ってしまうと、お玉はパタパタ走って行ってしまう。はずむような後ろ姿を定吉はぼんやり見送った。

あのとき「しょうがねぇ」と口にしたのは、別にお玉のためではない。たとえ何度洗ったところで墨が落ちないと知っていたから、自分を納得させるため、つい呟いた一言だった。

けれど、彼女はその一言で恩を受けたと感じていた。あの茂太ですら、「寝小便」とははっきり口にしなかったのだ。

おいらはてっきり馬鹿にされると、勝手にいじけてたってのに。みんなすました顔をして、ちゃっかり恰好つけやがって。

知らず唇が突き出たものの、どんよりしていた心の中はすっかり軽くなっていた。

そして晴々(はればれ)とした気持ちで長屋に向かっていたところ、突然忘れたものに気付いて「いっけねぇ」と叫んでしまった。

師匠は久しぶりの手習い中もうわの空な定吉に、「今まで休んでいた分を家でしっかりさらって来なさい」と、たくさん宿題を寄越(よこ)したのだ。

仲間に対する誤解も解(と)けてまた頑張(がんば)ろうという矢先、そのまま本堂に置き忘れては了善に合わせる顔がない。

慌てて半ば以上来た道を取って返し、本堂に駆け込もうとして——ふと、定吉は足を止めた。

子供たちが帰った後、寺に残っている人は和尚ひとりのはずである。にもかかわらず、中からは言い争う声がする。

もしやなにかあったのかと急いで障子を開けたところ、とんでもない光景に「あっ」と叫んで立ちすくんだ。

なぜなら、あの了善が見覚えのある鬼に向かって道中差(どうちゅうざし)を振り上げていたからだ。

もっとも、むこうも定吉を見てよほど仰天(ぎょうてん)したらしい。僧の動きが止まった刹(せつ)

那、鬼は得物を叩き落とすと面を外してこっちを向いた。

「定吉、いいところへ来たな」

朗らかに言ったその顔は、正真正銘赤目勘兵衛。

「そ、それじゃあ、先生が霞小僧だったのか」

驚きすぎてのけぞったら、呆れたような顔をされた。

「このわしがそんな真似をするか。ちと和尚に話があってわざわざ訪ねて来たのだが、あいにく手習いの最中だ。邪魔をするのも悪いと思い、暇つぶしに庫裏をのぞいておったら、こんなものを見つけてな。ためしにつけてみたところ、和尚がいきなり襲って来たのよ」

「この期に及んで見え透いた言い逃れを。定吉、騙されてはいかん。その般若の面を持つ者こそ霞小僧に決まっている」

すぐ言い返した了善に、浪人はしてやったりという表情を浮かべる。

「この鼻欠け般若が霞小僧のものだと、どうしておぬしが知っておった。それを知っている者は定吉以外に霞小僧しかおらぬはずだ」

ここぞと指摘されて、僧の顔から血の気が引く。

「そ、それは……」

「まんまと語るに落ちよって。人知れず貧乏浪人を切るくらいは造作もないのだろうが、さすがに筆子の前ではできん。とっさにごまかそうとしてしくじったな」

若い僧侶は一言も言い返すことができぬまま、崩れるように膝をつく。

成り行きについて行けない定吉は、目を白黒させるばかり。

「えっと、どういうことなのさ。なんで林仙寺に霞小僧の般若の面が……」

「とことん察しの悪い奴だな。この和尚こそ霞小僧だ」

「えぇっ」

ため息とともに説明されて、素っ頓狂な声を上げる。

「どうしてさ。どうして和尚様が盗みなんか働くんだい」

「そいつは本人に聞いてみろ。わしは和尚の身のこなしや金まわりのよさが気になったただけだからな」

そっけなく言い捨てられて、思わず師匠の顔を見る。

すると、了善はついに観念したらしく、下を向いたまま白状した。

「これ以上、隠し立てはできないようだ。確かに私は霞小僧と呼ばれる盗人、あちこちの大店に忍び込み、店にとって惜しくない程度の金を盗み取っていた」

本人からそう言われても、定吉はとても信じられない。再び「どうして」と呟くと、師匠は悲しげに話を続けた。

「檀家を持たぬ貧しい寺が、持ち出しで手習いを続けるには他に方法がなかったのだ。出家する前、私はやはり盗人だった。あるとき、逃げ込んだ寺の住職に助けられて改心し、以後盗みはせぬと固く誓って僧となった。

しかし、御仏に仕える身が私利私欲に走り、貧しい庶民を救わぬばかりか、陰で戒律を破って澄ましている輩も数多い。そんなことが許されるなら、私が余っているところから少しばかり頂戴し、貧しさゆえ手習いすらできない子供に施したって許されるだろう。そう思って……」

恐らく真実なのだろう。僧は切々と訴えるが、浪人の目つきは少しも変わらず冷ややかなままだった。

「まさしく盗人にも三分の理だな。元盗人、いや今でも盗人のおぬしが、よく恥ずかしげもなく子供らに人の道など説けたものだ」

「そう言われれば、一言もない。だが出家した後、私は盗んだ金をすべて寺の修繕や子供らのために使って来た。自分のためには一文たりとも使っていない」

「それはたいそうご立派なようだが、おぬしが長屋に来た本当の狙いを考えてからものを言え」

「どういう意味だ。私は定吉のことを心配して」

了善がそう言いかけたとき、勘兵衛が鋭く遮った。

「なにを言う。あの日訪ねた真の狙いは、定吉がなにを見たのか確かめるためだったはず。盗人姿を見られて以来手習いに来なくなったので、もしや気付かれたのではないかと不安になっただけだろう」

強い口調で決めつけられて、僧侶の顔が凍りつく。

そして、浪人はさらなる厳しい言葉を放った。

「第一、正しいことをしているなら、面をつけることはない。たとえ筆子に知られようとも恐れることはなかったはずだ。盗人猛々しいとはよく言ったものよ」

容赦のない正論に了善は悄然と黙り込む。その姿があまりに痛々しくて、定吉は思わず言い返した。

「なんだい、先生なんか年がら年中酒びたりのくせに。たとえどんな理由でも、和尚様が様子を見に来てくれなかったら、おいらはあのまんま怯えていなくちゃならなかったし、他の連中のいいところにも気付けなかったんだ。そりゃ、盗みは悪いことだけど、おいらたちに手習いをさせるためにしたことなんだもの。責めたりしたらかわいそうだよ」

きっと勘兵衛にしてみれば、意外な発言だったのだろう。面食らった様子でこっちの顔を見下ろしている。

「定吉、お前は悔しくないのか。この男に欺かれ、怖い思いをした挙句、寝小便までしたんだろう」

「そ、それは確かにそうだけど……でも、和尚様がいなくなったら、他のみんなも困っちまう。だから、先生も今度だけ見逃してよ。『嘘も方便』ってお釈迦様も言っただろ」

必死の表情で訴えたところ、浪人は肩をすくめて僧を見た。

「どうやら小僧は小僧同士、寝小便小僧は霞小僧の味方らしい。ありがたく恩に着てこのまま人知れず足を洗い、今後は正しいやり方で手習いを続けることだな」

言われた了善はややあって、とまどい気味に口を開く。

「定吉、本当にそれでいいのか。私が盗みをしたせいで、寝小便をしてしまうほど怖い思いをしたというのに」

大の大人から口ぐちに「寝小便」を連呼され、定吉の頰はみるみる赤くふくらんだ。

せっかく仲間が気を遣い、触れないようにしてくれたのに。

やはり世の中は、かくも思い通りに行かないのだ。

柴胡(さいこ)の糸

梶よう子

一

御薬園同心の水上草介は、本郷の通りを歩いていた。

昌平坂学問所の裏手、湯島四丁目にある書肆へ、上司である御薬園預かりの芥川小野寺に頼まれた書物を受け取りに行った帰り道だ。

西洋の植物図譜の写しが数冊入ったと聞いていた草介は、己の楽しみもあって出掛けたが、写本は少々お粗末だった。筆が稚拙で、とくに気に食わなかったのが葉の写し方だ。

葉脈の描き方が雑すぎた。

草介は御薬園で栽培されている植物で押し葉を作るほど葉が好きだ。さまざまな葉形もいいが、なんといっても惹かれるのが葉脈だ。自然の作り上げた無駄のない造形にはため息すら出る。

人でいえば血の管にあたる。それほど草花にとって重要であるのに、描き方がぞんざいだと、草介は珍しく腹を立てた。

結局、風呂敷包みの中は芥川に頼まれた書物だけだ。

きている。
　草介は首筋に浮いた汗を拭った。仲夏も半ばを過ぎ、蒸し暑さが日毎に増して
　午後の陽射しは、ちょっとやそっとの打ち水では追いつかない。表店の小僧は
手桶の水を勢いよく地面に撒き散らしていた。
　草介は笠の縁を指で押し上げる。
　夏空の明るさが眼に痛い。ピーヒョロロと一羽のとんびが飛んで行く。
　そろそろ加賀藩前田家の赤い御守殿門にさしかかろうとしたときだった。
「ほれ、歩け。さっさとしないか」
　顎の尖った初老の男が怒鳴り声を上げ、五つか六つほどの童の耳を引きながら出
て来た。
　いまにもつながりそうなほど太い眉を寄せ、痛えよ、差配さんとわめいている
が、なかなかどうして、泣きべそをかくわけでなし、よくよく見れば足を懸命に踏
ん張っていた。口元といい眼つきといい、利かん坊を絵に描いたような童だ。
　ははーんと草介は得心した。
　長屋に住むいたずら小僧がなにかしでかして、差配が謝りに行くといったところ
だろう。

草介は、笠の内で微笑んだ。

まだ八つかそこらだった頃、隣家の植木を引っこ抜き、ちゃっかり自分の屋敷の庭に植えたのがばれてしまったことがある。父にこっぴどく叱られ、母とふたり、菓子折りを持ち謝罪に行ったのを思い出した。

懐かしいなぁと、草介は眼を細めつつ、ふと首を傾げた。そういえば童を引きずっているのは母親ではないんだなと、ぼんやり思った。もっとも昼間働きに出ていれば仕方がないことだが、そうなると長屋の差配も大変だ。

店子たちの面倒を一手に引き受けているだけに、いたずら小僧がひとりいると、あちらこちらで頭を下げる羽目になるのだろう。

それにしても幼い童相手にずいぶん厳しい物言いをしている。

まったく手を焼かせおってと、差配の怒鳴り声が再び飛んだ。

「早う歩け。聞き分けのない子じゃ」

「差配さん、耳がちぎれちまうよう」

「黙れ。おまえがそんなふうだから、こっちが苦労するのじゃ、わからんか」

道行く人々にわざわざいって聞かせるかのように大声を出している。

左官の家の植木鉢をひっくり返したのも、向かいのばあさんの腰巻きを泥だらけにしたのも、みんなおまえの仕業だろうがと、文句を垂れ流しながら、耳を引き、早足で歩く。

　差配の腕を摑んで童が抗（あらが）った。

「おいらじゃないよ」

「おまえの他に誰がいるっていうんだい」

　知らねえやと、童が唇を曲げた。

「なんて強情な面だ。けど、これは違うといわせないよ。お地蔵さまにお供（そな）えしてあったまんじゅうを盗ったね。下駄屋の倅（せがれ）がちゃあんと見ていたんだ。いい逃れはできないよ」

　まるで飯を食わせてないみたいじゃないか、とんだ赤っ恥だ。ああ、父無し子（ててなしご）なんぞ長屋に入れるんじゃなかったと、差配がいい終えた瞬間、童がいきなり脚を蹴り上げた。

「あいたたぁー」

　差配が脛（すね）のあたりを押さえて蹲（うずくま）る。

「べーっだ」

「お待ち。逃げるんじゃない。そこのお武家さま、その子を捕まえてくだされ」

突然、草介を見て叫んだ。

ああ、と草介が右に左にあたふたしていると、どんと強い衝撃を覚えた。

草介の足元で童がもんどり打って転がった。

「ややや、大丈夫か」

草介がその身を起こしてやろうと手を伸ばしたとき、

「これくらいどうってこたぁねぇ」

弾かれたように童が立ち上がったが、草介を見上げて眼を見開いた。

「ん。私の顔になにかついていますか」

見れば童の膝頭に血が滲んでいる。

「すぐに洗ったほうがいいですよ」

草介が覗き込んだが、童はまるで天秤棒でも呑み込んだように直立したまま、じっと草介を見つめている。

蹴られた脚に顔をしかめつつ、ようやく差配がやって来た。

「お武家さま。お武家さま。とんだご無礼をいたしました。本郷五丁目のおかめ長屋の差配をしております孫次郎と申します。うちの店子が粗相をいたしまして申し訳ございません。ほれ、銀太。お武家さまに頭を下げんか」

　差配は童の頭に骨張った手を載せ、力を込めたが、童はそれを堪えるように口元を強く結んだ。

　まったく躾のなっていない子で、よくよくいい聞かせますので、今日のところはどうかご勘弁を、と腰を折った。

「私はなんともない。それよりこの子の膝が」

　草介はしゃがみ、差配に膝を指し示したが、不意に童が「ちゃん」と呟いた。

　へっと草介が顔を上げると、童は大きな瞳を輝かせ、

「父ちゃん。やっぱり帰って来てくれたんだね」

　叫ぶやいなや飛びついて来た。

　草介は声も出ない。童を抱き止め、尻餅をついた拍子に風呂敷包みの結び目がほどけ、書物が散らばった。

「お、お武家さまが、銀太の、父親」

　差配が目蓋の重そうな眼を剝く。

「それにしては少々、お若いような」

　呟く差配に向けて草介は、懸命に首を回そうとした。だが、銀太という童が草介の首元を締め上げるように抱きついているので、顔すら動かせない。

そのうえ童の身体から、甘酸っぱい匂いと土埃の臭いが立ち上ってきてむせ返りそうだ。

子どもの匂いだ。

「ひ、人違いです。私は御薬園同心の水上、草介、うっ苦しい」

草介は顔を真っ赤にして叫んだ。

二

園丁頭が薬草畑の雑草を刈り取りながら、がはがは笑っている。

「いやはやお子がいらしたなんて、もう、ぶったまげたのなんの。でへへへ」

「驚いたのは私のほうだよ」

「水草さまは、ぼんやりしてなさるからなぁ。ほんに身に覚えはねえんですかい」

水草は、ひょろひょろの体軀をした草介を、まるで水路で揺れる水草のようだと評した同役が付けたあだ名だ。

園丁頭の遠慮のない物言いに、むむむと、唸った草介が、

「六つにもなる子が私にいるわけがない」

本気で唇を尖らせたのが、またおかしかったのか、園丁頭は身をよじって笑う。

草介は、そういえばとぼんやり思った。いま御薬園の中で、水上姓で呼んでくれるのは、見習い同心の吉沢角蔵ひとりだ。吉沢がいつ「水草」と呼ぶか、園丁たちが賭けをしているらしい。まったく呆れたものだ。

「で、その童と差配と一緒に、ここまで戻って来たんですかい」

成り行きでと、草介は鎌を振るう。

差配の孫次郎の話では、銀太の母親お孝は眼を患い、二十日前から養生所に入所しているのだという。

養生所は町人のための施療施設で、御薬園内の仕切り道沿いに設けられている。入所できるのは、周囲に看病人がいない、困窮して暮らしもままならぬ者とされていた。

眼病のお孝は母子ふたりの暮らしを支えていた仕立て仕事も当然できなくなり、幼い銀太の世話も難しいことから養生所へ入る決心をしたのだ。

相模の出というお孝は、長屋に越して来たとき、すでに亭主はいなかったらしい。けれど人別はちゃんとしているし、お孝は仕立ての仕事も持っていた。なにより五つになったばかりの銀太を連れて宿無しではかわいそうだと、孫次郎の女房がいい出し、おかめ長屋へ迎えた。だが、と孫次郎は額の皺を深くした。

お孝は無口な女で、生い立ちも亭主のことも一切話さない。それが澄ましていると感じたのか、はたまたそこそこ顔立ちがよいせいか、大店の隠居の妾とか、じつは女郎あがりとか、長屋に根も葉もない噂が立った。

さらに銀太が痩せっぽちのちびなくせにやたらと向こう意気が強い。歳が上だろうがお構いなしに喧嘩をふっかける。いたずら盛りでなにかと騒ぎを起こす。

「お孝はその度に謝って回っていたんですよ。今日だって、お孝の見舞いへ行く前に、寺へ詫びに行くところだったんですから」

孫次郎はさも憎々しげに顔を歪めた。

お孝が養生所に入ってからは、差配が銀太を家に置いて面倒を見ているという。

「しっかし、そんな話を道々聞かされながらお戻りになったというわけで？　だいたいなんで水草さままで寺へ詫びに行くんでさ。成り行きだとしても」

人が好いにもほどがありますぜと、園丁頭が呆れ顔をした。

「まあでも久々に母親に会えるのが嬉しかったんだろうな。飛び跳ねながら歩いていたよ」

草介は空を見上げた。傾きかけた陽光のまぶしさに、眼を細めた。

「今日は、そろそろあがろうか」

草介は園丁頭に声をかけた。

草介が仕切り道沿いの畑を歩いていると、
養生所の門前で差配の孫次郎が右往左往している姿が見えた。

「銀太ぁ、銀太ぁ」

「どうなさいました、孫次郎さん」

「ああ、水上さま。銀太がおりません。あたしが養生所見廻りの与力さまと話をしている隙に姿をくらましてしまったようで」

養生所の中にはいなかったという。

かなり周辺を走り回っていたのか孫次郎は大きく息を吐き出し、苦しげに顔を歪めた。

「草介どの、ただいま戻りました」

耳馴染んだ声に振り向くと、道場帰りの千歳が風を切るように歩いて来た。

若衆髷に二本差しという千歳の姿に孫次郎は驚いた顔をしていたが、挨拶を交わすやいなや、銀太が、うちの長屋の子が行方知れずになったと口走った。

千歳は、道すがらそれらしい童とはすれ違わなかったと、首を傾げた。

「御薬園は林も池もありますからねぇ。つい夢中になって遊んでいるのでしょう。私も幼い頃、同心だった父にくっついて訪れたとき草花を眺めていて、あっという間に日が暮れていたことがよくありました」

草介が照れ笑いを浮かべると、千歳はじれったそうな顔を向けてきた。

「草介どのとは違います。御薬園は東西合わせておよそ四万五千坪もあるのですよ。林の奥へ入れば右も左もわからなくなるかもしれません。夜になればたぬきや狐も出ます」

千歳がにわかに太い眉をきりきり引き絞った。

草介は、はっと身構える。

「いますぐ御薬園の者たちを集め、手分けをしてお捜しなさい」

厳しい声が響き渡る。草介は背筋を正し、思わず「はい」と応えていた。

「皆さまのお手を煩わせ、まことに」

申し訳ございませんと、孫次郎が深々と腰を折った。

「なにを詫びることがありましょう。御薬園で童が行方知れずになることのほうが一大事です。心配なさいますな。必ず見つかります」

千歳はちらと草介に眼を向けた。そうですね、と草介は頷きかけた。

孫次郎は首を横に振る。

「まったく情の薄い子ですよ。母親の見舞いに来たのに、上さまの御薬園で遊びほうけているなどどうしようもない」

草介は孫次郎の険しい顔つきを見つつ、身を返した。

東側御薬園の同心にも頼み、銀太の姿を捜したが、一刻（二時間）経っても見つからなかった。空に浮かんだ雲が薄く色づき始めている。

「南側の林を捜してみます。皆は他の処へ」

園丁たちにそう命じると、草介はすぐさま南の林へ向かった。

南側の林の入り口にはクスノキが数本、まるで門番のように聳え立っている。

南側の林はやはり日照の具合がよいせいか葉の色も艶もいい。

林を抜けた斜面には柴胡が群生していた。

柴胡は、暖かな場所を好み生育する植物で、細い茎に針状葉を持ち、二尺弱ほどの高さになる。秋には小枝に複数の花序を持ち、小さな黄色の花を咲かせる。

生薬として用いられるのは根だ。鎮痛、解熱、鎮静の効果があるが、他の生薬と処方され、方剤として頻繁に使われている。

柴胡が夕暮れ間近の、ぼんやりした光の中でさわさわ揺れた。黄緑色の炎のように草介の眼に映る。芭蕉の句が不意に浮かんだ。

陽炎や柴胡の糸の……糸の。

草介は足を止め、はたと考えた。首を捻り、唸ってみたが最後の下五が出て来ない。

柴胡の糸の天の川、ではなし、蛙でないから水の音もありえない。のど元まで出かかっているようで、出ない。

草介は、ぽりぽり額を搔いた。

こういうときは一旦、あきらめることが肝心だなぁと、ひとり呟いたとき、奥まった処にある柴胡が揺れた。

今度は風じゃない。

それに一箇所だけ妙な具合だ。

刈り取られているように見えた。

ふむと唸って、草介は生い茂る柴胡を搔き分けながら中に足を踏み入れる。

一番奥で銀太がすやすや眠っていた。小さな両手にあまるほどの柴胡の束を握っている。

これはまた、ずいぶんと大胆に抜き取られたものだと、苦く笑った。

草介は銀太の身を静かに抱き上げる。

どこを走り回っていたのか顔は泥だらけだ。だが両頬から顎にかけて白く抜け落ちている筋が二本あった。

草介は息を吐き、固く握られた指から柴胡の束をそっと取り上げた。

三

銀太を抱いて畦（あぜ）を歩く草介をみとめた千歳が、若衆髷を揺らしながら走り寄って来た。

「大事ありませぬか」

「私は大丈夫ですよ」

「その童のことです。誰が草介どのの心配をするのです」

あ、そうですねぇと、のんきに応えた草介に、千歳が太い眉をきゅっと寄せた。

六つとはいえ眠っている子は重い。草介は千歳の鋭い眼光をかわしながら、銀太を抱き直した。

銀太の睫毛が揺れたが眼は開かない。

「やあ、びくともしませんよ。すっかり寝入っています。疲れたんでしょうねぇ」

草介が銀太の顔を見せると、千歳の表情がようやく安堵したものになった。

「どこに隠れていたんだ、銀太」

孫次郎が怒鳴りながら向かって来た。

「ああ、そんな大きな声を。草の中で眠っていたのですよ。きっとはしゃぎすぎて疲れたのでしょう」

「いますぐ起こして連れ帰ります。これ銀太、起きぬか。悪ふざけもたいがいにしろ」

孫次郎が銀太の身体を強く揺すぶる。それでも銀太はわずかに眉間を寄せただけだ。

「差配どの、乱暴はおやめなさい」

千歳が、銀太を抱く草介と孫次郎の間に立ちはだかるように入って来た。

孫次郎は眼を見開いて、さも心外だといいたげに声を荒らげた。

「どう乱暴だというのですか。お偉い方のご息女でも、いい過ぎってもんがあります」

この銀太はね、いたずら小僧のうえに、ほら吹きなんだと唇を曲げた。

「自分の父親がお武家だとか、母親のお孝は傾いちまった大店の娘だったとか。すぐわかるような嘘を平気でつく子ですよ」

わずかに顔を歪め、腰のあたりをさする孫次郎に、草介は首を傾げた。

「いまだって、まことに寝ているかどうか、あてになんぞなりません」

ま、お屋敷育ちじゃ見抜けませんでしょうがねと、孫次郎が千歳へ皮肉っぽい眼を向ける。千歳の眉尻がぴくりと動いた。

草介の心の臓が縮みあがる。そのうえ銀太の重みで腕もしびれてきた。

「あの、あの、ともかく銀太を」

草介は千歳と孫次郎を交互に見る。

「御役屋敷に連れ帰り、そのまま眠らせてやりなさい」

千歳がいうや孫次郎が顔をムッとさせた。

「冗談じゃありません。もう日暮れですよ。いますぐ叩きおこしゃいいんですよ」

千歳はそんな孫次郎をまじまじ見つめる。

「差配どの。なにゆえそこまで銀太という子を嫌うのか不思議でならないのですが」

孫次郎は、一瞬顔色を変えたが、すぐさま白髪の混じる眉を上げ、口を開いた。

「こうして皆さまにご迷惑をおかけしているではありませんか。この子の母親が養生所に入ってから、あたしはこの二十日、あっちに謝り、こっちに頭を下げているのです」

いくらいい聞かせても聞かない。おかげで自分は背の痛みがひどくなり、追い掛け回すせいか胸のあたりまでしくしくするようになったのだと、次から次へと不満をぶちまける。

「背と胸の痛みですか」

「銀太を世話するようになってからです」

孫次郎は当然だといわんばかりの顔を草介に向けた。

「それに夜中になると突然、大声で泣き始める。いくらなだめてもすかしても眠っているものだからどうしようもありません。女房もあたしも眠れないので、ふらふらです。疳(かん)の虫ってのは赤子だけじゃないんですかね」

「まだ幼い子ですから」

草介はそこまでいうと銀太を抱いたまま、その場にへたり込んだ。

「草介どの」千歳が眼を丸くする。

「ああ、面目もございません。思いのほか重くて、腕がしびれてしまって」

草介が眉尻を下げると、千歳がさも情けないというように首を横に振り、息を吐いた。

「さ、銀太。たぬき寝入りはもうやめだ」

孫次郎は千歳の脇を抜け、草介の腕の中にいる銀太の身体に手をかけた。銀太がわずかに身をよじり、草介の袖をぎゅっと摑んだ。

「ならば御薬園でひと晩、お預かりいたします」

千歳が胸を張り、高らかにいい放った。

はあと、孫次郎と草介は同時に千歳の顔を見つめる。

「眠い子を連れ、これから本郷まで帰るのでは差配どのも骨が折れましょう。本日はここに留まらせ、差配どのは明日の朝にでも迎えに来ていただければ結構」

「あ、あの千歳さま」

千歳が草介をじろりと睨む。

「異存はありませぬね。なければ差配どの、これにて。草介どのは童をお願いします」

「はあ、私が世話を」

「園丁頭より聞きました。なんでも父ちゃんと呼ばれたそうではありませぬか」

「え、それは、そもそも間違いで」

あたふたする草介に、千歳はふっと口角を上げ、身を翻すと、いつものように大股でさくさく歩き始めた。

毒気を抜かれたような顔で、孫次郎は千歳の背を見送る。

草介は銀太を抱きながら、園丁頭をちょっとだけ恨んだ。


ぎゃあああと、爽やかな朝の空気を裂くような悲鳴が御薬園に響き渡った。

寝過ごしたと叫んで、草介は夜具から跳ね起きた。横に敷いた夜具を見ると銀太の姿がない。長屋の戸を開け、寝巻きのまま表に飛び出した。

昨夜、銀太は、一旦目覚めたが不貞腐れた顔をして、なにもしゃべらず、うとうとしながら握り飯を食べると再び寝入ってしまった。

ところが、深夜、寝ていた銀太がしゃくり始めたかと思うと、堰を切ったように泣き出した。

草介はおろおろしながら、背を撫で、抱き上げたが、一向に効き目がなかった。

となりの吉沢が何事かと飛んで来たが、やはりあきらめて帰って行った。

なるほど、これが連日では差配夫婦もきつかろうと、少々気の毒に思えた。

夜泣きは四半刻ほど続いたが、それが収まると、銀太は威勢よく寝返りを打った。腕が草介の顔を直撃し、足が腰を蹴り飛ばす。

結局、草介は雀のさえずりを聞きながらようやく眠りについたのだ。

表に出て、あたりを見回していると、見習い同心の吉沢角蔵が、ものすごい形相で草介の元に突進して来た。

「水上さま。今朝ほど私が乾薬場に並べた薬草が皆、いっしょくたになっておりました」

へっと草介が眼をしばたたく。

「いいからこちらへおいでください」

厳しい声とともに、袖を引かれ、乾薬場まで行くと、たしかに薬草が脇に寄せられていた。

「やあ、きれいに寄せられてますねぇ」

寝不足のぼんやりした頭で応えると、吉沢が切れ長の眼を向けてきた。

「感心している場合ですか。まだ乾燥しきれていない薬草をきちんと分類し、等間隔にしてここに並べて置いたのですよ」

こんなにずらされてしまったと、吉沢は顔を青ざめさせた。人は怒ると顔に血が上り赤くなるが、とてつもなく憤慨すると青くなる。

これは相当だなぁと草介はため息を吐く。

何事もきちりと分け、整理整頓せねば気持ちが悪いという性質の吉沢だ。

「園丁を呼んでもう一度並べ直しましょう」

当たり前です、こんな雑多なものは見ているだけで許せない、ああ、気持ちが落ち着かないと、吉沢は身を震わせた。

「しかし、あれはなんですか」

吉沢が指したのは、乾薬場でも一番、朝陽の当たる場所だった。

柴胡が干してある。おそらく昨日、銀太が抜き取ったものだ。

「銀太を見ませんでしたか」

「あの童なら、養生所へ行くと。でも誰が柴胡など干したのか。そもそも柴胡は」

吉沢の言葉を最後まで聞かず、草介は身を返した。長屋へ戻って急ぎ着替えを済ませた草介が畑から仕切り道へ出ようとしたとき、

「こらっ。銀太、返せ」

蘭方医の河島仙寿（かわしませんじゅ）が頭のてっぺんにある脱毛部を手で押さえながら仕切り道を走

にある。

っていた。この仕切り道で広大な御薬園は東西に分けられており、養生所は道沿い
　その前を子兎のように跳ねながら、銀太がひらひらとした青い物を掲げていた。

　よくよく見れば河島の手拭いだ。

　あっと叫んだ河島が足を止めた。草履の鼻緒が切れたようだ。

「くそっ。銀太の奴」

　河島は、忌々しげに草履を脱ぐと地面に叩きつけた。

「河島先生」

　草介の声に河島が振り向いた。

「これは水草さま。まったくあの小僧、私の手拭いを掠め取っていったのですよ」

「ああ、それはお気の毒に」

　ふんと憤りながら、河島はどこからともなく黄色の手拭いを取り出した。

　まるで手妻のようだと、眼を瞠る草介に構わず馴れた手つきで頭に巻いた。

「あのお、幾本か持ち歩いているのですか」

「ええ、治療中に汚してしまうこともありますのでね。常に予備を携帯しておりま
す」

河島は白い歯を覗かせた。

「しかし、あの銀太という小僧には参りましたよ。昨日は帰りしな、眼科の先生の頭に墨を塗っていきました」

剃髪頭に墨かと、草介は思わず噴き出しそうになるのを懸命に堪える。

河島は顔を歪め、草介を半眼に見つめた。

「ま、私も禿頭が知れ渡る前は、炭の粉などを地肌に擦り込み誤魔化そうと懸命でしたけど」

「あ、いや、ははは、そうでしたっけ」

草介は空笑いをして、身をすくめた。

「ですが、なにゆえ今朝からあの小僧がいるのです。母親のお孝の朝飯をかいがいしく世話しながら、ちゃっかり自分も食っておりましたが」

それはと、草介が事の経緯を河島に話した。

「やはりお孝さんのことが心配で戻りたくなかったのだろうな。それにしても差配は相変わらず銀太に厳しい。他人とはいえ孫のように思っているのかもしれないですね」

草介は眼をぱちくりさせた。

ああ、水草さまはご存じないのもしかたがないですよ、と河島が首肯した。

「自分のひとり娘が身持ちのよくない職人に惚れて、上方へ駆け落ちしたらしくてね」

河島は顎を指先で掻いた。

それから数年後、職人に捨てられ、子どもを連れて江戸へ戻って来たが、孫次郎は受け入れてやらなかったという。いまはどこにいるともしれないらしい。だから、実の娘の子と、父親の無い銀太の姿が重なっているのだろうと、河島はいった。

「お孝さんが眼病を患ったとき、養生所へ入るよう一心に説き伏せたのも差配だったと、養生所見廻りの与力さまがおっしゃっていました。昨日も、くれぐれもお孝さんを頼むと私にまで頭を下げた」

後悔の裏返しってやつかもしれませんねと、河島はわずかに口の端を上げた。

「銀太の母親の眼の具合はどうなのですか」

河島が眉をひそめる。

入所した当初は両眼が目やにで開かなくなる眼病だったが、これは投薬を続ければ完治するといった。

「しかし、左眼が見えないと訴えています。そこひ（内障）の疑いがあるように思われます」

ああと、草介は嘆息した。眼が白く濁ったり、視野が狭くなる病だ。

白濁するそこひには鍼療治がありますがと、河島は辛そうにいった。

「鍼療治とはいかなるもので」

草介はなんとなく己の眼が疼くのを感じながら訊ねた。

鍼を眼に刺して膿を出すのです。幸い養生所の先生は、その鍼療治を幾人にも施していますので安心ですと、河島はいう。

それにしても鍼を眼に刺すなど聞いただけで怖気が走る。気のせいか左眼が痛み始めた。

「それでも確実に治るとは限りませんのでね。いまの医学の限界です。悔しいですよ」

「蘭方医学で、そこひを治すことは」

「蘭方でも治療法はほぼ同じです。ですが、そこひと決まったわけではありませんのでね」

河島は草介に頷いて見せた。

そうですかと、草介は応えながら、

「このこと、銀太は知っているのでしょうか」

河島の顔を見た。河島が首を横に振る。

「お孝さんからいわぬよう止められたのですよ。銀太はまだ幼い。詳しく話しても無駄でしょう。私たちもそう思います」

草介は河島に一礼した。

「銀太を見つけたら、手拭いを返しにくるようにいってください」

河島は草履を手に素足のまま歩き出した。

草介が踵を返すと、少し離れた畑の中に青い手拭いが落ちているのが眼に留まった。

畑に入り、ふむと唸って、手拭いを拾い上げ、袂に収めた。身を翻し、再び仕切り道に戻った草介は、

「少々お訊ねしたいことがあるのですが」

河島の背に声をかけた。

四

生薬を製生している薬種所に寄り、御役屋敷の庭へ出ると、千歳が木刀を力いっぱい振り下ろしていた。傍らの雑草がその風圧で揺れている。まるで恐怖におののいているふうに見えた。

ああ、まずいと草介は身構えた。今度は千歳だ。

人よりも一拍二拍反応が鈍い草介だが、掛け声も上げずに木刀だけを振る千歳は、滅法機嫌が悪いことは、なんとなくわかる。

これは退散したほうがよさそうだと、そっと立ち去ろうとしたとき、

「草介どの」

案の定、鋭い声が飛んできた。草介はぴくりと背を震わせ、ゆっくり首を回した。

「なにか、ご用ですか」

「わたくしは、男女(おとこおんな)ではございません」

「はい?」

「男女ではないと申したのです」

草介はぽりぽりと額を掻く。

「銀太が強くなりたいと申したので、これで十分だと木の枝を持たせました。しばらくそれで遊んでおりましたが」

千歳はいきなり顔を伏せた。

「その木の枝で、わたくしの、袴(はかま)を」

「はあ、袴を」

「めくり上げたのです」

草介は、がはごほとむせ返った。

千歳がみるみる顔に血を上らせる。

そして銀太は「やーい男女」と叫びながら逃げたという。

「だから童は嫌いです。無遠慮で悪賢く図々しくて、そのうえ臭い」

「ええと、千歳さま。臭いは余計かと」

「臭いものは、臭いのです」

千歳は木刀を上段に構え、勢いよく振り下ろした。

「こらあ走るな。畝(うね)が乱れる」

吉沢の悲痛な叫びが畑のほうから聞こえてきた。あの小さな細い身体でどれほど走り回っているのか、草介は途方に暮れながら、朝餉を食い忘れたことに、はたと気づいた。

もう、好きにさせておこうと、草介はあきらめ一旦、長屋へ戻った。湯漬けを食べ、半刻ほどしてから、鍬を持って畑に出ると、

「どうでした、子守りは」

園丁頭がにやにやした顔を向けてきた。

草介は黙って、鍬を振るった。

そろそろ差配の孫次郎が迎えに来るはずだ。

「元気な小僧ですよ。さっきなんざ刈り取りを手伝いたいっていうのを断ったら、吉沢さまを蹴り飛ばして逃げて行きましたよ。ああ、こりゃどうも」

園丁頭が声をあらため、会釈をした。

草介が首を回すと、

「御役屋敷で畑だと伺いまして」

孫次郎が頭を下げた。ずいぶんと疲れているふうに見えた。しきりに顔の汗を拭っている。

「銀太はご迷惑をおかけしませんでしたでしょうか」

ええまあと草介は曖昧に応えると、孫次郎が苦笑した。たぶん、草介の顔にも疲労の色が出ているのを見て取ったのだろう。

と、若い園丁が走って来た。

「水草さま。鎌が一本、足りません」

「よく探しましたか」

探すもなにもと、園丁が口先を尖らせた。

近頃は、吉沢が鍬、鎌、鋤などの用具をきれいに揃えて並べ置いている。

「吉沢さまのやることですよ。なにが一本なくなったってすぐわかりまさ」

なるほどと、草介は得心して頷いた。

「感心してどうするんです。午後は刈り取りに出るんですよぉ」

あっと、園丁頭が声を上げた。

「きっと、あの小僧ですよ。ほら、刈り取りを手伝うってしつこかったから」

「悪いが代わりにここを耕してくれ」

草介は土だらけの鍬を園丁に押し付けた。

「孫次郎さんもよかったら来ませんか」

「あたしが」と、眼をしばたたく。

そうですすと、草介は笑顔を向けた。

「あ、その前に、ちょっと薬種所へ寄らせてください」

草介は身を返した。


南側の林の奥。

柴胡の生い茂る中に、やはり銀太はいた。

鎌で懸命に刈り取りをしている。

「その柴胡は御薬園の物ですよ」

草介の声にびくりとして銀太が振り向いた。

「いいだろう。こんなに生えているんだから」

「なぜそんなに柴胡が必要なんです?」

銀太は鎌を振るう手を止め、唇を噛んだ。

「柴胡はいい薬になると、父ちゃんが教えてくれたんだ。母ちゃんのためだ」

まだ三人で暮らしていた頃、家の近くに柴胡の原があったと、銀太がいった。父親とよく柴胡の茂る中で昼寝をしたのだという。

「父ちゃんはお旗本の三男だ。母ちゃんは家の商売が傾いて、お旗本屋敷で働いてて、父ちゃんと会ったっていってたよ」

草介はわずかに首を回した。樹木の陰には孫次郎がいる。

「でも父ちゃんは、お武家だからお武家の娘と一緒になっちまった。お武家として頑張れって、母ちゃんが追い出したっていったよ」

「そうですか、強いなぁ。銀太の母上は」

銀太はいきなり歯を剝いた。

「強くなんかねえよ。ときどきひとりで泣いてるんだ。おいらはさ、父ちゃんに頼まれたんだ。母ちゃんを守ってやってくれって」

銀太は喚いた。

「大人は嘘をついてもいいのかい。ガキのいうことは聞かなくてもいいのかい。ガキにはなにも教えてはくれないのかい」

えっと、草介は銀太の顔を見る。

真っ直ぐな瞳が痛いくらいに突き刺さる。

「差配さんは、おいらがこんなだから母ちゃんが病になったというんだ。おいらが強くないからだよね。長屋の連中に悪口いわれても負けねえように頑張ったけど」

銀太がしゃがみ込んで唇を尖らせた。

「やっぱりおいらが子どもだからなにも教えちゃくれねえんだろう、だからお医者だって」

そうかと、草介は頷いた。

眼科医の頭に墨を塗ったのも、河島の手拭いを取ったのも、きちんと母親の病を教えてくれなかったからだ。千歳の袴をめくり上げたのも、木の枝でごまかしたせいだ。吉沢へは、ただのいたずらだったのかもしれないが。

「おいら、さ。父ちゃんと約来したんだ。母ちゃんのことは任せておけって」

銀太が堪えきれずにしゃくり上げ始めた。

「銀太は、ちゃんと知りたかったのだなぁ」

草介は銀太を抱き上げ、となりに座らせた。

袂から青い手拭いを取り出した。

「私と河島先生の話を畑に隠れて聞いていたんだろうから、母上の病はわかりましたね」

銀太は頷きながら、心細そうな眼を向けてきた。

「だめですよ。しっかり受け止めないと。まだ悪い病と決まったわけじゃないのですから」

　これは河島先生へきちんと返しておいてくださいねと、銀太に手拭いを手渡した。

「それと、銀太の父上は柴胡がいい薬になるといったようですが、ちょっと足りないんだよ」

　銀太は涙と洟を腕でこすり、顔を上げた。

「柴胡はね、茎や葉は使わない。生薬になるのは根の部分だ。でも万能じゃないから、母上の眼には効かない。養生所の先生にお任せしなければね」

　銀太が、唇を嚙み締め、きつい眼で草介を睨んだ。

「でも、これをあげよう」

　草介は薬種所から持ってきた薬袋をふたつ取り出した。銀太が目元を緩め、不思議そうに首を傾げる。

「銀太は気づいていないかもしれないが」

　夜泣きをしているのだと告げると、銀太は素直に頷いた。おそらく孫次郎に嫌というほど聞かされているのだろう。

「ひとつはそれを治す薬。それとこちらは、差配さんの薬だ」

「差配さん、病なのかい」

銀太が涙で潤んだ眼をしばたたく。

「うん。背中や胸が痛むのは軽い疝痛かもしれないのでね。身体の中に石が溜まっていたりすると起こるのです。それを取る薬です。それぞれ処方は違いますが、両方の薬に柴胡が使われています」

「柴胡が、差配さんの病と、おいらの夜泣きを治してくれるのかい」

これを煎じて、ふたりで一緒に治しましょうと、草介は微笑んだ。

孫次郎が幹の陰で肩を静かに震わせていた。

乾薬場で刈り取った薬草を干している横で、千歳が木刀を振っている。

嬉しいことにお孝はそこひでないことがわかり、あと二日で退所することになった。

その後、孫次郎と銀太は再び御薬園にやって来た。銀太のいたずらはすべて、母親の悪口をいった者たちに対してだけだったと伝えに来た。お供えの一件は、下駄屋の倅が銀太に喧嘩で負けた腹いせになすりつけたのだ。

孫次郎は、銀太の話を聞き、問われたらすべてきちんと話すことにしたといった。

千歳が木刀を振りながら草介に顔を向けた。

「差配どのの疝痛を見抜いたのは、さすがだと河島仙寿がいっておりましたよ。そうそう、先日草介どのが銀太と遊んでいるさまは、まことの父と子のように見えました」

「やめてくださいよ。千歳さま」

父親に似ているのかと、草介はこっそり銀太に訊ねていた。

「似てるもんかい」と、銀太は即答し、もっといい男だったといった。孫次郎の剣幕を抑えるのに嘘をついただけだと、舌を出した。

子どもだからといって、心が小さいわけではない。知ったかぶりする大人よりずっと心を痛め、考えているのかもしれない。

千歳が手を止め、空を見上げた。

「今日は薄曇りで過ごしやすいですね」

ん、と草介は口元をへの字に曲げた。

陽炎や柴胡の糸の薄曇り。これだ。

「千歳さま、かたじけのうございます」

妙に嬉しそうな草介を、千歳は気味悪げに見つめた。

細い茎と細い葉の柴胡は遠目には糸のように映り、群生し風に揺れるさまは陽炎のように、かの俳人の眼には見えたのだろう。

父の面影、孫の面影が、糸のように細く、陽炎のようにはかなくても、いま眼の前にいる人を大切に思えれば、大丈夫だ。

「銀太の夜泣きと差配どのの病がよくなるとよいですね、草介どの」

草介の脳裏に、孫次郎と銀太が仲良く互いの薬を煎じるさまが浮かんできた。

安産祈願

諸田玲子

一

葉桜の芳香がほわりとひろがる。もったりした舌ざわりとほどよい甘味が、口のなかでひとつにとける。

「ほんに美味ですこと」

石塚多津は臨月のふっくらした頬をほころばせた。

「もうひとつ、召し上がれ」

珠世は桜餅の入った経木を多津の膝元へ押しやった。

「これではますます太ってしまいます」

「よいではありませんか。子を産めば元に戻りますよ」

「まことでしょうか」

「まことですとも。まずは丈夫なお子をお産みなさい。それには滋養のあるものを食べることです」

多津はうなずいて、ふたつ目の桜餅に手を伸ばした。男顔負けの女剣士が、今はどこから見てもまろやかな女である。その変化が、珠世には微笑ましい。

縁側の陽だまりで、二人は母娘のように仲むつまじく語らっていた。

縁側といっても、御鳥見役組屋敷内にある珠世の矢島家でも、石塚家のある稲垣家下屋敷の長屋でもない。目の前の庭はだだっ広いだけで丹精された様子はなく、そこここに置かれた筵の上に、サヤエンドウや青梅、薬草が雑然と積み上げられている。

ここは清土村の農夫、庄兵衛の家の離れである。

下屋敷の長屋は、子を産むには手狭だった。が、源太夫と多津夫婦には、こんなとき頼れる身内はいない。はじめは矢島家で出産する予定だった。ぜひともそうするようにと珠世は再三すすめていたのだが、子供たちが嫁いでゆとりができたとはいえ、矢島家も部屋があり余っているわけではない。父の久右衛門、夫の伴之助、長男の久太郎と男が三人いる上に、今では恵以という長男の嫁もいる。多津が遠慮してためらっているとき、庄兵衛が離れをお使いくださいと言ってきた。

結婚当初、源太夫一家は庄兵衛の家の離れを借りて住んでいた。庄兵衛と倅の兵太は、珠世とも懇意にしている。

まさに、渡りに舟、だった。多津はこの離れでお産をすることになり、珠世も泊まり込んで世話をしましょうと申し出た。

――珠世どのがそばについていてくだされば百人力だ。ぜひともお頼み申す。

大喜びの源太夫は、矢島家へ飛んで来て伴之助に不便をかける旨を詫び、久右衛門には生まれてくる子供の名付け親を頼んだ。小十人組の家へ嫁いだ孫娘にややこが生まれたとき、久右衛門は名付け親になりそこねている。落胆ぶりを目にしていた源太夫は、ぬかりなく機嫌をとったのだった。表向きは慇懃に、内心は喜び勇んで、久右衛門が源太夫の頼みを引き受けたのは言うまでもない。

「我が主どのときたら、あれも食べよこれも食べよとうるそうて……」

「ほほほ、源太夫さまはまるで初子を待ちわびる新米の父親のようですね。多津どのより、ずっとそわそわしておられます」

わざわざ長命寺へ出かけ、山本屋の桜餅を買ってきたのも源太夫である。愛妻の喜ぶ顔を見んがためだ。

「わたくし、なんだか子供たちに申しわけなくて」

「なぜですか。みな、楽しみにしていますよ」

「そうなのですが……」

「雪ちゃんが生まれてから、もう十年の余が経っているのです。子供たちも焼きもちをやく歳ではありません。気にすることはありませんよ」

多津は五人も子供のいる源太夫の後妻になった。立派に大役をこなし、今ではだれもが生みの母だと思うほど、子供たちに慕われている。それでも気になるのか、眉をくもらせた。

「ややこにかまけて、寂しい思いをさせるやもしれません」

「いいえ。あの子たちは先を争って赤子の世話をしたがりますよ。秋ちゃんなど、今から待ちきれないのか、先日もお襁褓の替え方を習いに来ましたもの」

「まあ、秋ちゃんが……」

三人の娘たちのなかでいちばんのお転婆だった秋も、今では娘らしい心遣いを見せる年頃になっている。

「秋ちゃんの話では、里ちゃんに縁談があるとか」

「そうなのです。ご重臣のお声がかりですから、むろん、ありがたくお受けしなければならぬのですが、主どのはまだ手放すのが惜しいようで……。なんだかんだと理屈をつけ、わたくしの出産が終わるまでは棚上げということになりました」

源太夫はかつて浪人だった。このままでは息子の仕官にも娘の結婚にもさしつかえると、一念発起して稲垣家の家臣になった。そんな源太夫なら長女の縁談に飛びつきそうなものだが、そこは複雑な親心。珠世もよくわかる。

矢島家の場合は、長女を嫁がせたところで、一家の主の伴之助が行方知れずになるという悲劇にみまわれた。そのせいで子供たちの婚期が遅れ、珠世は気を揉んだ。それぞれが意中の相手と結ばれたときは、どんなに安堵したことか。それでも、いざ我が子を手放すとなったときの寂しさはひとしおだった。

喜びには、決まって寂しさがつきまとう。

「里ちゃんも縁談のくる歳になったのですね」

今さらながら時の流れの速さを思って、珠世は吐息をもらした。

「わたくしも歳をとるわけです」

「いいえ、小母さまはちっともお変わりになられませんよ。主どのに言わせると、はじめて逢うた頃よりもお若くなられたと……そうそう、桜餅を見るたびに、小母さまのお顔を思い出すのだそうです」

「まあ、源太夫さまときたら。それがあのお方の『手』なのですよ。他人をおだてて意のままにあやつろうという……」

「ほんに、そのとおり。わたくしもその手で釣られました」

二人は声を合わせて笑った。

いつのまに入り込んだのか、サヤエンドウを積み上げた筵の片隅で子猫が丸くなっている。

二

雪は、弦巻川の土手に腰を下ろして、きらめく川面を眺めていた。眸を凝らせば、アメンボやミズスマシがすいすいと泳いでいるのが見える。

雪の心は、すいすいや、きらきらとはほど遠かった。不愉快な出来事があったわけではない。喧嘩をしたわけでも虐められたわけでもないのに鬱々としている。

長姉の里は、ここのところ稽古事や作法見習いに追われていた。家にいるときは、多津に代わって家事に勤しんでいる。雪の相手をする暇はない。

次姉の秋は生来が独立独歩の娘だから、これも妹など眼中にないようだった。兄たちでは話し相手にならないし、父の源太夫の関心は身重の妻と生まれてくるややのことばかり。

末っ子の雪はこれまで、家族のだれからも「雪ちゃん、雪ちゃん」と可愛がられてきた。とりわけ多津は、末娘を慈しんでいた。それなのに、こたびは雪を置いて清土村へ行ってしまった。今度、帰って来るときは、弟か妹を抱いているはずで、となればもう雪にかまけてはいられない。

弟か妹ができることを、雪もはじめは楽しみにしていた。今だって無事、生まれればよいと願っている。きっと可愛いにちがいない。とは思うけれど――。

膝の上の絵馬を見た。

昨日、秋が持ち帰ったものだ。まっさらな絵馬に、源太夫が下手くそな犬の絵を描いた。犬は安産のお守り、かたわらに長兄の源太郎が「安産祈願」と角張った文字で書き込んだ。「多津母さまへ」と里が書き添え、父、兄、姉の名前の隣に秋、源次郎、雪が自分の名前を書き入れた。家族の祈りを込めた絵馬を鬼子母神の絵馬堂へ納める役が雪にまわってきたのは、たまたま秋に別の用事ができたためである。

――急がないと間に合わないわ。雪ちゃん、頼むわね。

大役を怠るつもりはなかった。が、雪はまっすぐ絵馬堂へ行くかわりに、雑木林を抜け、畦道をたどって弦巻川の辺へ出た。土手の上をそぞろ歩き、草笛を吹き、タンポポや桜草を摘み、それから膝を抱えてぼんやりしている。

この、胸のなかの、もやもやしているものはなんだろう。いや、もやもやというより、ざらついた砂がまぎれこんだような……。

気を取り直して、行かなくちゃ、と目を上げたときだった。わーっという声が聞こえた。男の子の一団が駆けて来る。小童(こわっぱ)というほど幼くはないが、若造と呼ぶにはまだ早い。雪と似たり寄ったりの十一、二歳か。武家ではなく町人の子供たちで、よく見ると、みすぼらしい身なりをした男の子を五、六人で追いかけているらしい。

「待てーえ、盗人(ぬすっと)野郎ッ」

「今度という今度は逃がさねえぞ」

してみると、追われている子は盗みをして見つかったのか。

盗人という言葉にびくりとして、雪はあわてて立ち上がった。先頭の子供はもう目の前まで来ていて、しかも見る見る近づいて来る。恐ろしげな形相に驚き、おろおろしたのがまずかった。

なまじ動いたために、かえって鉢合わせをしてしまった。どんと体当たりをされ、やせっぽちの雪は勢いよく跳ね飛ばされる。

あっと思ったときは遅かった。絵馬もすっ飛び、こちらは弧(こ)を描いて川へ落下する。まるでそこが定位置ででもあるかのように、音もなく川面へ着水した。ぷかぷかと浮かびながら、ゆっくり下流へ流されてゆく。

雪は尻餅をついたまま、息を呑んで絵馬の行方を見守った。思いも寄らぬ出来事に呆然としていたので、追いつ追われつしていた男の子たちがどうなったかはわからない。遠くでざわめきが聞こえているところをみると、追跡劇はまだつづいているようだ。

そんなことより――。

雪は蒼白だった。あの絵馬は、ただの絵馬ではない。家族全員の思いがこもった絵馬だ。掛け替えのない絵馬である。

ああ、なぜ、先に絵馬堂へ行かなかったのか。

他意はないと、自分では思っていた。ここへやって来たのは春風に誘われたからだ。ほんとうにそれだけだと……。

でも、ちがう。雪はひとつ、深呼吸をした。絵馬をあとまわしにしたのは、絵馬堂へゆくのがおっくうだったからだ。心のどこかに、あとまわしにしたい気持ちがあった。それは、もしかしたら、生まれてくる弟か妹に対する焼きもち、でもあったような……。

のろのろと身を起こした。ぎこちない手つきで乱れた着物をととのえる。もう絵馬は見えない。男の子たちもどこかへ行ってしまった。あたりはひっそりとして、絵馬を運び去った弦巻川だけが、なにごともなかったかのように悠然と流れている。

　ああ、どうしよう——。

　雪はべそ顔になった。すると突然、矢も盾もたまらなくなった。はじかれたように土手を駆け下り、川岸に沿ってひた走る。どこかに引っかかっていないかと左右に目を走らせ、懸命に探しまわったものの、絵馬は見つからなかった。

　息をあえがせ、目に涙をためて、雪は川原にしゃがみ込んだ。精も根も尽き果てたような気がする。ひとしきりすすり泣いたあと、涙を拭(ぬぐ)って腰を上げ、重い足を引きずるように木の橋のたもとへ戻った。

　畦道と雑木林を抜けて引き返せば、鬼子母神へ出る。境内(けいだい)には絵馬売りがいるはずだ。新しい絵馬を買って帰ればよい。賽銭(さいせん)用に多少の銭なら持っている。買ったら、急いで家へ帰る。

　絵馬が川へ落ちたのは、男の子に突き飛ばされたためだ。ありのままを話せば、おそらくだれも咎(とが)めない。むしろ、同情してくれるかもしれない。

　でも……と、また雪は思った。

——なぜ、土手にいたの。

と、秋なら訊くかもしれない。

——先に納めりゃいいのにさ。

源次郎も疑いの目を向けてくる。

たとえ訊かれなくても、雪自身は知っていた。自分がなぜ、土手でぐずぐずしていたのか。絵馬を見る自分の目に、焼きもちという不純な気持ちがまざっていたことも。

鬼子母神へ引き返すかわりに、雪は木の橋を渡った。

渡り終える頃には、もっと切実な、さらに恐ろしい考えが浮かんでいた。

絵馬が失せた。これはもしや、由々しい出来事が起こる前ぶれではないか。多津や生まれてくるややこの身に祟りが降りかかるのでは……。

雪は身ぶるいをした。

とにかく、じっとしてはいられない。こんなとき、どうしたらよいか、その答を教えてくれるのは珠世しか思いつかなかった。雪の足は矢島家へ向いている。

いつもなら目を楽しませてくれる道端の花々も、あまりに長いこと同じ場所にあるので古ぼけた姿が神々しくさえ見える案山子も、今日は目に入らなかった。足下を見つめ、黙々と歩く。下雑司ケ谷の大通りからつづく道へ出て、なおしばらく行くと、右手に御鳥見役の組屋敷が見えた。

矢島家の簡素な木戸門をくぐる。もちろん、門番がいるようなご大層な家ではない。

足を踏み入れるや、「おう」と聞き慣れた声が迎えた。隠居の久右衛門が庭木をいじっている。

「そろそろだの。子を待ちわびる気分はよきものだ」

はずんだ声で話しかけられて、雪は目を泳がせた。

「名付け親を頼まれた。目下、思案中だが、これがなかなかむずかしい」

出会った当初、雪はこの謹厳な老人が少しばかり怖かった。が、今ではすっかり好々爺になって、源太夫の子供たちから実の祖父のように慕われている。それでもこの日は、ろくに返事ができなかった。一礼しただけで、そそくさと玄関へ逃げ込む。

ごめんくださいと声を張りあげると、恵以が出て来た。

「おや、雪ちゃん、どうしたの」

涙の跡が残っているのか。顔を見るなり、恵以は訊ねた。

雪はつっかえつっかえ言葉をしぼり出す。

「小母、さまに、わたし、珠世小母さまに、お会い、したくて……」

「姑(はは)さまはあなたの母さまと一緒ですよ。清土村の庄兵衛さんの離れにいます」

そういえば、珠世が多津の出産の介添えをすると聞いていた。取り乱していたので、うっかりしていたのだ。

「でも、行きっきりではない、のでしょ。戻ってみえるのでしょう」

「さあ、どうかしら。もういつ生まれてもおかしくないそうで、ここ数日は泊まり込んでいるのです。生まれるまでは、たぶん、戻っては来られないでしょう」

行ってごらんなさいと、恵以は言った。

多津母さまがいるところで不吉な話はできない。泣き顔も見せられない。当惑している雪を見て、恵以は首をかしげた。

「いつもの雪ちゃんらしくありませんね。とにかく、ちょっとお上がりなさい。そうそう、ちょうどお祖父(じい)さまをお呼びして、桜餅をいただこうと思っていたところなの。雪ちゃんも食べていらっしゃい」

うながされて、雪はあとずさりをした。ぺこりと頭を下げ、きびすを返して小走りに駆け出す。

「雪ちゃん、どうしたの、雪ちゃん」

呼び止める声が聞こえたが、雪は振り返らなかった。門を飛び出し、通りへ出て、下雑司ケ谷の方角へ早足で歩く。

珠世になら話せそうだった。が、他のだれかには話す勇気はない。うっかり口にしたが最後、不吉な予感が現実になってしまいそうだ。

家へも帰れず、清土村へも行けず、雪は進退きわまった。次第に歩みがのろくなる。ふっと気がつくと、幽霊坂の入口に来ていた。下雑司ケ谷の大通りへ出る近道でもあるこの坂は、その名のとおり、昼間でも木暗く、お化けが出そうだ。急な下り坂の右手には本住寺の塀が、左手には中小の武家屋敷の塀がつづいている。

本住寺は矢島家の菩提寺だった。源太夫一家が矢島家に居候していた頃は、珠世や珠世の娘の君江の伴をして、雪もよく墓参に来たものだ。

そうだ、お詣りをしてゆこうと思いついた。珠世に会えないなら、矢島家のご先祖さまにすがって、なんとしても安産を祈願したい。

小母さまの母さまなら、きっとやさしい人だわ――。

この最悪の事態を、よいほうへ導いてくれそうな気がした。

本堂から誦経の声が聞こえている。小坊主や寺男の姿は見えない。

雪は墓所へつづく小道を抜け、憑かれたように矢島家の墓へ駆け寄った。両手を合わせ、どうぞ赤ん坊が無事に生まれますようにと祈る。

「わたしがわるうございました。母さまを独り占めしたくて、赤ちゃんに焼きもちをやくなんて、とんでもないことでした。どうかわたしを罰して、そのかわり、母さまと赤ちゃんを助けてください……」

夢中だったので、他に人がいるとは気づかなかった。

「なんでえ、どこかで見たと思やぁ、さっきの娘っ子か」

背後で声がした。驚いて目を開ける。あたりを見まわすまでもなかった。墓所の一隅に大きな合歓木があり、その幹に男の子が荒縄で縛りつけられていた。

「あ、あのときの……」

合わせていた手を解いて、雪は立ち上がる。

追っ手から逃げる途上、雪にぶつかって跳ね飛ばした。盗人呼ばわりをされていた。絵馬を失う元凶となった、あのみすぼらしい男の子である。

それにしても、ひどい格好だった。もとより髪はぼさぼさで、顔も汚れていたが、今は片目が腫れ上がり、頰や唇の端に血がこびりついて見る影もない。場所が場所なので、まさにお化けさながら。

「どうしてここに……」

雪は思わずつぶやいていた。

男の子はヘッと顔をゆがめる。

「とっつかまって、このありさまさ」

「なら、あの子たちが縛りつけたの」

「いや、こいつは、クソ坊主の仕業だ」

殴る蹴るの制裁を加えられていたところを助けてくれたのはよいが、そもそも盗みをしたのが喧嘩の発端だと知ると、和尚は有無を言わさず引っぱって来て、この木に縛りつけてしまったのだという。

「なにを、盗んだの」

「饅頭。腹がへってたんでよ」

解いてくれよ、と、男の子は猫なで声を出した。

「だめ。和尚さまに叱られるもの」

「わかりゃしねえさ。見られさえしなけりゃ」

「神仏はお見通しだわ」

自分で言ったそのひと言に、雪は眉をひそめた。それこそ、今の今まで、悩んでいたことではないか。自分はややこを疎んじていた。だから、絵馬をなくしてしまった。そう。これは、なにもかも見通していた神仏が、自分に与えた罰かもしれない……。

男の子はむっとしたのか、馬鹿にしたように鼻を鳴らした。

「へん、お見通したァ、えらそうに言うもんだぜ。お見通しなら、なんで、おいらばかし、ひもじい思いをさせやがる。おいらばかし、こんな目にあわせやがるんだ」

「わたしだって、ひどい目にあったわ。大変な目に」

「へ、お武家のお嬢ちゃんの甘ったれた泣き言なんざ、聞きたくもねえや」

そのひとことが胸にぐさりときた。

「よくも言ったわね、盗人のくせに」

「盗人だとッ。てめえ、もう一度言ってみやがれ。ただじゃすまねえぞ」

縛られている子供にすごまれても、怖くなどなかった。それより圧倒的な怒りがこみ上げて、雪はつんのめりそうになっていた。つかつかと歩み寄る。

「あんたの、せいだッ。あんたのせいで、大変なことに、なっちゃったんだ。あんたがぶつかったから、あんたが突き飛ばしたから……」

両の拳をにぎりしめて、にらみつける。

小娘の剣幕に、雪より頭ひとつ大きい男の子は目を白黒させた。

「なんでえ、ぶつかったのは、あれは……」

「いいこと、あんたのお陰で、絵馬が川へ落っこちちゃったんだから。大切な絵馬なのに。父さまも兄さまも姉さまも、みんなで、祈願をこめたのに。母さまや赤ちゃんになにかあったら、あんたのせいだから」

地団駄を踏んでわめいているうちに、また涙がこぼれた。こんなふうに感情をぶつけるのは、いつもは秋の領分である。大人しくて引っ込み思案の末娘にはかつてないことだった。それだけ、切羽つまっている。

しばらく沈黙があった。

次に囚われた男の子が口を開いたのは、縄を解いてもらうためではなく、退屈しのぎにからかうためでもなかった。汚れた顔に、もう嘲笑の色はない。

「……ごめんよ」

男の子は素直に頭を垂れた。

「謝ってもらったって、絵馬は出て来やしない。どこかへ流れて行っちゃったんだもの。もしも母さまになにかあったら……わたしを産んでくれた母さまも死んじゃったし、多津母さままで死んじゃったら、ああ、わたし、どうしたらいいの」

雪は両手で顔をおおった。

と、そのときだ、異様な音がした。ククク―と鳴いたのは、男の子の腹らしい。

「昨日から、食べてないんだ」

雪がもう一度、視線を向けると、男の子は照れくさそうな顔をした。

「おいらがわるかったよ。クソ坊主がこいつを解いてくれたら、真っ先にお詣りしてやる。おまえんちのおっ母(かあ)が無事、赤ん坊を産めるように」

「あんたなんかにお詣りしてもらったって……」

「だからさ、おいらのおっ母にも頼む。そうすりゃ、きっと大丈夫だ」

「あんたの、母さまに……」

「うん。おいらのおっ母も、おまえを産んだおっ母とおなじさ、お産で死んじまったんだ。食えなくて、痩(や)せ細ってたからな。ほら、あっちのちっこい墓さ。だからよ、おっ母なら、おまえんちのおっ母のためにひと働きしてくれると思うんだ」

なんだか丸め込まれたような気がした。それでも少しだけ怒りが鎮(しず)まっている。

「ふうん、あんたの母さまも死んじゃったの……父さまは」

「死んだ。おいらは親戚(しんせき)中をたらいまわし。どこへ行っても厄介者さ」

お父(とう)にも頼んでやるよと言われて、雪はしかつめらしくうなずいた。絶望的な気分は変わらなかったが、一人より二人、二人より三人……助っ人がいると思えば心強い。

「ちゃんと頼んでね、父さまにも」

「まかせとけって。大丈夫、赤ん坊なら無事生まれるさ」

男の子はもう、縄を解いてくれとは言わなかった。雪も、解いてやるつもりはなかった。和尚さまのなさったことを反故にしたら、それこそ天罰が下りそうな気がしたから。

そのかわり、ふところから銭を取り出す。

差し出そうとすると、

「馬鹿にするなッ」

と、罵声が飛んできた。

「おいら、物乞いじゃねえや」

「……ごめんなさい」

あわてて手を引っ込め、男の子のほうは見ないように、急ぎ足で墓所を出る。

これ以上、なすべきことは見つからなかった。とぼとぼと坂を下って我が家へ帰る。

夕餉（ゆうげ）は喉（のど）を通らなかった。食べたくないと言う雪に、里は腹痛の丸薬を呑（の）ませ、源太夫は「早く寝ろ」と言った。だれもさほど気に留めない。多津がいない家はわけもなくざわついていて、みな自分のことだけにかまけている。

三

翌朝、清土村から兵太がやって来た。すわ、お産がはじまったかと石塚家の面々は色めき立ったが、そうではなかった。

「雪さまにおいでいただきたいそうで」

珠世が雪を呼んでいるという。

「あら、わたしじゃないの」

秋は不服そうな顔をした。

兵太に耳打ちをされた源太夫は、早く行けと雪に命じた。

「けど、わたし……」

「いいから行け。秋には、石塚家の名代（みょうだい）として使いに行ってもらう。里は家内の仕事で手一杯。こういうときはの、それぞれ手分けをして、できることをせねばならぬ」

名代と言われて、秋は得意そうな顔になった。

雪のほうは異議を唱える間もなく送り出され、兵太と共に清土村へ向かう。

「今日明日にも生まれそうですよ」

道々、兵太に言われ、雪はぎくりとした。

「母さまのご様子は……」

「お変わりありませんよ。初産はきついと言いますが、このぶんなら安産まちがいなし。産婆も心配ないと請け合っております」

そう聞いても、不安は消えなかった。大事な絵馬をなくしてしまったのだ。どんな恐ろしい祟りがあるか。今はただ、矢島家のご先祖さまと、見知らぬ男の子の亡き両親の力にすがるのみである。

曇天の道を、雪は唇を嚙みしめて歩く。

庄兵衛の家の離れでは、珠世が待ちわびていた。

「多津どのが、雪ちゃんにそばにいてほしいんですって」

部屋へ招き入れようとする。

「あの、わたし……」

「母さまを元気づけておあげなさい。それが雪ちゃんの役目ですよ」

雪にしても逢(あ)いたくてたまらぬ母だった。いざ部屋へ入れば、泣き笑いの顔で多津の膝元(ひざもと)へにじりよっている。

せり出した腹を誇らしげに撫(な)でながら、多津は雪に労(いたわ)りの目を向けた。

「ごめんなさいね。寂しい思いをしていたのでしょう」

「そんなこと……」

「この子が生まれたら、雪ちゃん、一緒にお世話をしてくださいね。雪ちゃんはお姉さまになるんですもの」

多津は雪の手を取って、自分の腹に置いた。

雪は絶句したまま、手元を見つめる。

ああ、わたしはなんて馬鹿(ばか)だったのか。こんなにいとけない命、がんばって生まれ出ようとしている赤ん坊に焼きもちをやくなんて……。

歯を食いしばっていたのは、泣いたり余計なことを言ったりすれば母を不安にさせるだけだとわかっていたからだ。

「母さま。小母(おば)さま。わたし、なんでもします。なにをしたらいいかしら」

勢い込んで言うと、珠世はえくぼを浮かべた。

「では、母屋へ行って、盥にぬるま湯をもらってきてくださいな。手拭いで母さまのお体を拭いてさしあげましょう。汗をかいておいでですよ」

その日のうちに陣痛がはじまった。

産婆が呼ばれ、湯が大量に沸かされて、庄兵衛の家はにわかにあわただしくなった。

雪はとうに産屋から出されている。はじめは母屋で大人しく待っていた。が、そのうちにがまんできなくなった。離れの庭を行ったり来たり。多津の呻き声が聞こえるたびに、その場へうずくまって両手を揉み合わせる。懸命に堪えているのか、遠慮がちな呻きは次第に間合いが狭まっていた。

母さまや赤ん坊になにかあったら、わたしのせいだ――。

思い詰めていたからか。ろくに物を食べていなかったせいかもしれない。ふーっと目の前が暗くなった。

「雪ちゃん、雪ちゃん……」

温かな腕に抱き起こされた。白装束に襷がけをして額に汗を浮かべた珠世が、雪を見つめている。

「ああ、びっくりした。こんなところで、どうしたのですか」

「小母さまッ」

雪は珠世にしがみついた。もう、これ以上、黙ってはいられない。

「わたし……母さま……小母さま、母さまは……」

「がんばっておられますよ。もう少しかかりそうですが、初産は時間がかかるものです。心配はいりません」

いつのまにか夕暮れになっている。これから石塚家に使いをやるところだと聞いて、雪はますます動転した。心配いらぬ、などという気休めは耳に入らない。

「母さまは死んじゃうの」

「いいえ。死にはしませんよ」

「なら赤ちゃんが……どうしよう、ああ、わたし、どうしたら……」

「雪ちゃん、落ち着きなさい。なぜ、そんなことを言うのですか」

「だって……だって……わたしが絵馬をなくしちゃったから」

涙があふれた。泣きじゃくる雪を両手で支えて、珠世は雪の目をのぞき込む。

「どういうことか、きちんと話してごらんなさい」

雪は話した。昨日から今日に至る、ひどく長くて恐ろしい出来事を。

「それで昨日、わたくしを訪ねて来たのですね。恵以どのが知らせてくれたのですよ。雪ちゃんの様子がおかしかったと」

今朝、兵太が雪を呼びに来たのは、恵以の話を聞いて、珠世も多津も心配になったからだという。

「絵馬のことなら、案ずるのはおやめなさい」

「だけど、みんなで書いたのに……父さまも犬の絵を……」

「でも、川へ落ちたのは、雪ちゃんのせいではないのでしょう」

「落ちたのは……だけどわたし……」

雪は唾を呑みこんだ。いちばん言いたくないことだった。言ったら、嫌われてしまうかもしれない。いじわるでわるい子だと思われる。二度と口をきいてもらえないかもしれない。それでも、打ち明けなければならないと、雪は思った。

「わたし、赤ちゃんに焼きもちをやいたの。だから、土手でぐずぐずしていたの。それに……それに、あのお腹を空かせた子に、あんたのせいだって怒ったの。あの子だって、わざとしたんじゃないのに」

言ってしまった。雪は身をちぢめた。眉をひそめられるか、ため息のひとつもつかれるか。珠世の顔を見るのが怖くてうなだれる。

次の瞬間、ぎゅっと抱きしめられた。

「いい子ね、雪ちゃんはやさしい子ね」

「小母さま……」

「悩むことはありません。雪ちゃんの気持ちは、ちゃんと届いていますよ」

「けど、絵馬がなくちゃ……」

「あのね雪ちゃん、絵馬に願い事や名前を書き込んだとき、みんなで多津どのの安産を祈ったのでしょう。そのときにもう願いは伝わったのですよ。絵馬堂は絵馬をあずけておくところなの。神仏が絵馬堂におられるわけではありません」

雪は目をみはる。

珠世はもう一度、雪のか細い体を抱きしめた。

「さ、母屋へ行って、おまんまをお食べなさい。雪ちゃんには、いちばんに赤ちゃんに挨拶(あいさつ)をしてもらいたいの。お腹を空かせて倒れていては、これから赤ちゃんのお世話ができないでしょう」

珠世は忙(せわ)しげに離れへ戻ってゆく。

雪は母屋へ駆け込んで、兵太の女房がつくった粥(かゆ)を食べた。三杯もおかわりをしたのは、生まれてこのかた、なかったことである。

夜更けに赤子が生まれた。

元気な泣き声に、母屋も離れも沸きかえった。

母子が無事と聞いた瞬間、雪は安堵のあまり、母屋の土間へへたへたと膝をついた。珠世と話して憂いが晴れたとはいえ、心配がなくなったわけではない。祈るような思いでこのときを待ちわびていたのだ。

喜びが大きかったので、いちばんに挨拶をしてほしいといった珠世の言葉がそのとおり実行されなくても、文句を言う気にはならなかった。先を越された相手が父とあらばなおのこと。

産声が聞こえるや、源太夫は雄叫びを上げた。

「男の子ですよ」

兵太の女房が伝えたときにはもう、母屋を飛び出している。珠世から知らせを受けて清土村へ駆けつけてからというもの、源太夫は一瞬たりとじっとしてはいられなかったのだ。

しばらくして、雪も産屋へ呼ばれた。

「母さま、おめでとうございます」

雪はあらたまって祝いを述べた。

疲労困憊は隠せぬものの、多津は幸福そうな笑顔でうなずく。

「ほら雪ちゃん、あなたの弟ですよ」

珠世に抱かれた赤ん坊は、ほんとうに小さくて、まだ目鼻も定かではなかった。息むたびに桃色の肌が真っ赤になる。そのくせ泣き声だけは一人前に大きい。

「元気いっぱいでしょ。逞しい男子になりますよ」

拳をにぎりしめて分不相応な声を発している弟を、雪は驚きの目で見つめた。こんなに小さな生き物に焼きもちをやいていたのだと思うと我ながらおかしい。兵太の女房と産婆は、目元は父親に似ている、口元は母親似だ……などと言い合っていたが、雪にはとてもそんな区別はつかなかった。

「さあ、母さまを休ませてさしあげましょう」

珠世に言われ、源太夫と雪はそろって産屋をあとにした。

その夜、父娘は連れだって帰った。人っ子一人いない夜道には、こんなときだからか、なんとはなし厳粛な気配がただよっている。

「おまえが生まれたときは喜ぶ暇がなかった。その埋め合わせをしとうての、つい、ムキになってしもうたわ」

道半ばまで来たところで、源太夫が話しかけてきた。

「ええ。母さまはわたしを産んで亡(の)うなられたのですものね」

「うむ。おまえには可哀想(かわいそう)なことをした。だから、こたびは、まずおまえと二人で祝おうと思ったのだ。おまえにも埋め合わせをさせてやらねばと……」

では、父は、はじめから自分を一緒に連れて来るつもりだったのか。ややこのこと以外、頭にないと思っていたのに、ちゃんと自分のことも考えていてくれたのだ。

「わたしのことなんか、忘れてると思ってました……」

「馬鹿を申すな。おまえは大事な忘れ形見ぞ」

「なら生みの母さまのことも、ちゃんと覚えていますよね」

「当たり前だ。忘れるはずがなかろう、おまえたちを産んでくれた母さまではないか」

子を産むのは命がけ。多津の出産に立ち合った雪にはよくわかる。亡き母も、命をかけて自分を産んでくれた。

二人はしばし、それぞれの思いに沈みながら歩いた。黙っていても、心はほこほこしている。

　下雑司ケ谷の大通りへつづく道へ出たところで、源太夫は今一度「おい」と話しかけてきた。

「覚えているか。矢島家から清土村へ、でなければ下屋敷へ、ようおぶって帰ったものだ。おまえはいつも背中で寝てしもうた」

　そう、そうだった。父の背中は大きくて温かい。あれほど眠り心地のよいところはなかった。

「どうだ。久しぶりにおぶってやろうか」

　源太夫は足を止めた。

「いいえ、けっこうです。わたしはもうお姉さんになったんですもの、自分の足で歩かなくちゃ」

「そうか。それもそうだ」

　なにやらおかしくなって、父娘は声を合わせて笑う。

　笑いながら、雪は、こうして共に歩く父も母もいない男の子のことを思い出していた。

四

赤子は順調に育っている。

多津も元の体に戻った。下屋敷の我が家へ帰りたがってはいるものの、もうしばらく養生するようにと言われ、まだ清土村の庄兵衛の家の離れに留まっている。組屋敷へ帰った珠世のかわりに、娘たちが交替で清土村へ通っていた。

むろん源太夫も、お役目に支障がないかぎり、妻子の顔を見にやって来る。源太郎や源次郎も、三日にあげず顔を出す。

赤子の名前は、約束どおり、久右衛門がつけた。

「どうじゃ、よき名だろう」

もったいぶって差し出した半紙には「多門（たもん）」と書かれていた。さんざん思いあぐねたすえに、多津の「多」と自分の「門」をくっつけたのである。兄が源太郎と源次郎、弟は多門。

「弟のくせに強そうな名だなぁ」

「おまえより賢くなるぞ」

「へん。兄貴に言われたくないや」

源太郎と源次郎の言い合いは毎度のことだ。

「ほんに、凛々しい名前ですね」

「ご隠居にあやかって、豪気な男子に育ってほしいものだ」

多津と源太夫は恭しく半紙を受け取る。

多津の出産から十日ほど経った午後のことだった。清土村からの帰り道、雪が矢島家へ立ち寄ると、珠世が待ちかまえていたように手招いた。

「雪ちゃん、ちょっと……」

奥まった夫婦の部屋へ招き入れる。

いつもと勝手がちがうので、なにごとだろうと雪は首をかしげた。

「そこへお座りなさい」

珠世は雪の膝元へ絵馬を押しやった。

「あ、これは……」

男の子とぶつかって跳ね飛ばされた拍子に弦巻川へ落としてしまった、あの絵馬ではないか。水に浸かっていたために墨文字がにじみ、犬の絵もあらかた消えてしまってはいるものの、残った部分をつなぎ合わせればなんとか判読できる。

「小母さま、どうしてこれを……」

「本住寺の和尚さまが届けてくださったのです」

「和尚さまが……」

「雪ちゃんが話していた男の子がいたでしょう。子供たちから逃げようとして雪ちゃんに体当たりして……お寺の大木に縛りつけられていたという……。その子が見つけてきたのだそうです」

　件の子は縛を解かれたあと、本堂の床の雑巾がけをさせられ、和尚さんから訓話を聞かされた上で解放された。訓話を聞く際はふてくされたような顔をしていたが、雑巾がけでは手抜きもせず見事な仕事ぶりだった。和尚はなかなか見所があると思い、困ったらいつでも訪ねて来るようにと言って送り出した。

　その子は三日後に再びやって来て、絵馬を差し出し、雪に渡してくれるように頼んだという。

「川原を探しまわったのだそうです。ずいぶん下流まで流されていたそうで」

「でも小母さま、あの子はわたしの名を知りません」

「そうなのです。でも、雪ちゃんがお墓に詣でるところを見ていた。和尚さまにお墓を教え、それで、和尚さまは矢島家だとおわかりになったのだそうです」

雪は絵馬を見つめた。

「なら、わたしがお墓に詣ったから……」

あのときは追い詰められていた。通りすがりに墓参を思いついたのは、矢島家のご先祖なら救いの手を差し伸べてくれるかもしれないと思ったからだ。そこで、あの男の子と再会した。それこそ、目に見えない力が引き合わせてくれたのではないか。

「やっぱり、小母さまがおっしゃったとおりでした。絵馬堂へは納めなかったけれど、絵馬はちゃんとどこかで母さまや赤ちゃんを守っていてくれました。そして小母さまの亡き母さまや、あの子の父さま母さまが、わたしに絵馬を返してくださったのですね」

雪が感極まったように絵馬を撫でるのを見て、珠世はえくぼを浮かべた。

「雪ちゃんの切実な思いが伝わったのですよ、黄泉の人々にも、その、安吉とかいう男の子にも……」

「安吉さんというのですか、あの子は」

雪は思わず身を乗り出した。そういえば、あの子の両親も本住寺に墓があると言っていた。それなら和尚も素性を知っているはずである。

「絵馬を見つけてくれたのです、お礼を言わなくちゃ。小母さま、和尚さまから安吉さんの住まいを聞いてはいただけませんか」

「雪ちゃんがそう言うと思って、聞いたことは聞いたのですが……」

安吉は四家町の裏店の生まれで、鋳掛屋の父親が生きていた頃はそこそこの暮らしをしていたという。だが安吉が七つのとき、父親は流行り病に罹って急死してしまった。そもそも実家とは折り合いがわるかったこともあって、当時みごもっていた母親は、安吉を筆頭に四人の子を抱え、なんとか一人で一家の生活を支えた。ところがこの母もお産で腹の子ともども死去、子供たちはそれぞれ縁者に引き取られた。

「安吉は腕白で手に負えない子供だと評判ですが、両親さえ屈託があったという親戚の家へもらわれたのです。上手くゆかぬのも道理、あちこちたらいまわしにされて、下僕のようにこき使われ、ひもじい思いをしてきたようですよ」

内藤新宿、音羽町、そしてまた四家町とこの五年、転々としていたらしい。

「今は四家町にいるのですね。どこに、住んでいるのですか」

四家町は稲垣家下屋敷の隣町である。

「それがね、もう、いないのです」

「いないって……」

「奉公に出されたそうで……それも、深川だとか」

深川は遠い。大川を渡った向こう岸である。

「なら、逢えないのですね」

雪は肩を落とした。

「同じ江戸の内です。逢えぬと決まったわけではありませんが、今は仕事を覚えるのに忙しいときでしょう。そっとしておいておあげなさい」

和尚は安吉が四家町にいるものとばかり思っていた。川原で見つけた絵馬を届けるのは急を要する用事ではない。近所へ来たついでに、矢島家へ届けた。

珠世もはじめは雪が来たとき渡せばよいと考えていた。たまたま四家町の岡っ引、矢島家と懇意にしている辰吉が挨拶に来た。ふと思いついて訊ねてみると、さすが縄張り内の住民のことなら知らぬことはないという岡っ引は、打てば響くように安吉の消息を教えてくれた。ろくに飯も与えられず、そのためにあちこちで食い物を盗んでいる。そんな噂を聞いた辰吉は、自ら養家へ談判に出向いて、奉公に出す話をまとめたのだという。

「でしたら小母さま、安吉さんにとってもよいお話なのですね」

「これからのことはわかりませんが、和尚さまの言いつけを守って一生懸命に雑巾がけをしていた安吉です。わたくしはね、雪ちゃん、立派にやってゆくと思いますよ」

雪は珠世の目を見てうなずく。安吉が絵馬を探して川辺を歩きまわっている光景を思い描けば、みすぼらしい木ぎれと化した絵馬が無性に愛おしい。雪はぎゅっと胸に抱きしめた。

「へいへいへい、玉や玉や玉やぁ」

鬼子母神の境内へつづく参道で、にぎやかな呼び声が聞こえている。

派手な着物の裾をからげ、手拭いを頭にかぶった小柄な男が葦の茎を吹くたびに、色とりどりの透き通った玉が空を彩る。首にしゃぼんの入った箱を下げ、片手に宝玉が描かれた赤と青の傘を掲げたその男は……。

「藤助さんだッ」

雪は歓声を上げた。

しゃぼん玉売りは春になるとやって来て、秋になれば去ってゆく。冬の間、藤助がどこでなにをしているのか、だれも知らない。訊く者もいない。

しゃぼん玉を買う子供が途切れると、藤助はひょこりと頭を下げた。

「お坊っちゃまがお生まれになられましたそうで、おめでとう存じます」

「いつもながら、藤助さんは早耳ですね」

珠世は微笑(ほほえ)んだ。

「多門というのですよ。矢島家のお祖父(じい)さまがつけてくださいました」

雪も目を輝かせる。

「ほう、そいつは、ご立派なお名で……。あっしの知り合いに多門さまとおっしゃるお武家さまがおりやすがね、そりゃあもう、押し出しといいご器量といい、群を抜いたお方で……へい」

と、そこで、藤助はくるりと目玉をまわした。

「たったひとつ、ま、別に困るというほどのことじゃござんせんが……その多門さまは、だれもがあきれる大食らいだそうで……」

珠世と雪は同時に噴き出した。

「お小さい多門さまも、それはようお乳を飲むのですよ」

「どうしましょう、父さまのような大食漢(たいしょくかん)が二人になったら、わたしたち、食べるものがなくなってしまいます」

三人はひとしきり笑う。

「今日は絵馬堂へお行きなさるんで……」

藤助は、雪が手にした絵馬に目を止めた。

「そうなのです。失せものが出て来たので、遅ればせながら」

珠世と雪は、口々に数日来の出来事を語った。

「それはそれは、大切なもんがめっかってようございました」

「安吉さんのお陰です。小母さまと一緒に、安吉さんのためにも絵馬を奉納することにしました。奉公先で上手くやってゆけますようにと」

「そいつはよいお考えで」

藤助は雪に、売り物のしゃぼん玉の小箱と葦の茎を手渡した。

「皆さま大きくなられて、あっしは少々寂しゅうございました。ですが、これでまた多門さまというお小さいお方ができました。そうしている内には、矢島さまのお宅でもお子さま方がお生まれになられましょう」

「子供がいようといまいと、藤助さんなら大歓迎ですよ。清土村にも我が家にも、ぜひお顔を見せてくださいい」

「父さまにも言っておきます。藤助さんがいらしていると聞けば、大喜びで会いに来ますよ」

　子供たちが集まって来たのをしおに、珠世と雪は暇を告げた。

「玉や玉や玉やーぁ、さァさァしゃぼん玉だよ、玉や玉や玉やッ」

　藤助の声を背中で聞きながら境内へ向かう。

　春の陽気に誘われて、鬼子母神はこの日もにぎわっていた。名物の川口屋の飴も芋田楽も、屋台のまわりに人だかりがしている。

　薄細工のみみずく売りの老婆がしゃがれ声を張りあげるその隣で、絵馬売りの若者が眠そうに大あくびをした。目ざとく見つけた雪は珠世の手にしゃぼん玉をあずけて、安吉のための絵馬を買おうと小走りに駆けてゆく。

　その姿はまだ子供……とはいえ、雪も、己の心を見つめ、悩んだり自責の念に駆られたりする年頃になった。そう思って見ると、梅花模様の木綿小袖にへこ帯という後ろ姿にも娘の色香が香り立つようだ。

　珠世は、しゃぼんの入った小箱の穴に葦の茎を差し込む。少女の昔に戻って、ひと吹き、風光る空へ五色の夢を撒き散らした。

解説

細谷正充

現在活躍中の女性作家による、テーマ別時代小説傑作選。このようなコンセプトで始まったPHP文芸文庫のアンソロジーは、二〇一七年十一月刊の『あやかし〈妖怪〉時代小説傑作選』から、二〇二〇年三月刊の『もののけ〈怪異〉時代小説傑作選』で六冊を数える。さいわいにも多くの読者の支持を受け、今も堅実なペースで売れ続けているそうだ。ありがたいことである。

そのアンソロジー・シリーズを、今年も三冊刊行することになった。第一弾が本書『わらべうた〈童子〉時代小説傑作選』だ。タイトルから分かるようにテーマは〝わらべ〟――すなわち子供である。映画や演劇の世界には、「子供と動物には勝てない」という俗諺(ぞくげん)があるそうだ。どんな名優でも、子供や動物の持つ可愛らしさには敵わず、場面をさらわれてしまうという意味である。そんな子供の諸相を、本書で堪能してほしい。

「かどわかし」宮部みゆき

冒頭を飾るのは、アンソロジー・シリーズの顔である宮部作品だ。棟割長屋で暮らしている畳屋の箕吉は、土間のすぐ外に七輪を出して目刺しを焼いているときに、「おじさん、おいらをかどわかしちゃくれないかい?」と、子供から声をかけられる。読者の心を鷲摑みにする、この発端が秀逸だ。もちろん、その後の展開も素晴らしい。子供が、仕事で出入りしたことのある浜町の料理屋「辰美屋」の総領息子・小一郎だとわかった箕吉。小一郎の言動に振り回されながらも、彼の話を聞き、その真意を理解する。とはいえ誘拐など冗談ではない。小一郎を「辰美屋」に送り届けて、このささいな騒動は終わったはずだった。だが小一郎が本当に誘拐され、箕吉が疑われてしまう。

すでに妻は亡く、娘は嫁に出て、平凡な独り暮らしをしている男を見舞う災難。誘拐犯人と疑われた箕吉は、頭を絞って真相を推理する。必要に迫られて名探偵ぶりを発揮する主人公が愉快である。また、事件が解決した後の意外な展開や、あるもので箕吉の祈りを示したラストも素晴らしい。佳品である。

「花童(はなわらべ)」西條奈加

掏摸(すり)やかっぱらいをしていたが、いろいろあって今ではまっとうな商売を始めた十五人の孤児。かれらを主人公にした連作集『はむ・はたる』から、本作を採った。『ねこだまり〈猫〉時代小説傑作選』に収録した「猫神さま」も同書から採った作品である。そちらを読んだ人ならば、彼らとの再会を嬉しく思うことだろう。

本作の主人公は、伊根(いね)という九歳の少女。孤児仲間のハチと、彼の妹の花と組んで稲荷(いなり)売りをしている。ハチのことが好きな伊根は、彼と花に血の繋がりがないことを知った。さらに頭が悪いと思っていた花が、口がきけないだけで、むしろ頭脳明晰(めいせき)であることに気づく。もやもやした気持ちを抱えていた伊根だが、花が行方不明になり、仲間たちと奔走(ほんそう)するのだった。

小さくても女の子。伊根のハチに対する恋心や、花に対する嫉妬心(しっとしん)は切実だ。その心の動きを作者は巧みに表現している。一方で、花の行方不明が大きな事件へと繋がっていく。興趣(きょうしゅ)に富んだストーリーと、子供たちの魅力が嚙み合った、読みごたえのある作品である。

なお、作中で触れられている仇討ち話の顚末を知りたい人は、『はむ・はたる』をお読みいただきたい。

「初雪の坂」澤田瞳子

京都で生まれ、暮らしている澤田瞳子は、京の都を舞台にした作品が多い。本作はそのひとつ、洛北にある幕府直轄の薬草園・鷹ヶ峰御薬園で働く元岡真葛を主人公にした、「京都鷹ヶ峰御薬園日録」シリーズから採った。

御薬園預の藤林家の薬倉から、半年にわたり薬が盗まれていた。犯人は、安養寺という寺の縁の下で寝起きしている小吉という少年だ。小吉には逃げられたが、これまで以上に管理を厳重にして一息ついたところに、呉服問屋の隠居が毒芹の根を飲んで死亡するという事件が発生。毒芹の根を隠居に渡した安養寺の僧は、御薬園の薬だと思っていたというのだが……。

現代の日本ではほとんど見かけないが、江戸時代にはストリート・チルドレンが当たり前に存在した。町が栄えている鷹ヶ峰にも六、七人のストリート・チルドレンがおり、やがて小吉が兄貴分であることが判明する。その小吉が隠居の毒死の原因を作ったのか？　真葛たちの行動により暴かれる真相は意外であり、ミステリーの楽しさを堪能できた。そこに小吉の哀切な真実が重なり、ストーリーが厚みを増している。まだ少年の小吉が、どれだけのものを背負って生きていたのかを考えると、胸打たれるものがあった。

「寝小便小僧」中島 要

作者の〝要〟というペンネームは、大学時代の恩師である、興津要から頂いたという。ちなみに興津要は、近世文学と落語の研究家であり、古典落語の編著や、江戸関係の著書を何冊も上梓している。そうした恩師の教えが身についているのであろう。長屋の飲んだくれ浪人・赤目勘兵衛が活躍する連作集『江戸の茶碗 まっくら長屋騒動記』は、随所に落語テイストが感じられた。その一篇である本作を読めば、分かってもらえるだろう。

松蔵店で暮らす九歳の定吉は、夜、雪隠に行こうとして鬼を目撃。それから恐怖により夜の雪隠に行くことができず、寝小便ばかりしている。囃されるのが嫌で、手習い所にも行っていない。そんな定吉を見かねた勘兵衛は、鬼の正体は面を被った盗人ではないかという。

子供の頃の最大の恐怖と屈辱は、家族や友人に寝小便がばれること。そんな記憶を持っている人もいるだろう。少なくとも私はそうだ。だから定吉の追い詰められた状況が、すごく納得できる。定吉と勘兵衛のすっとぼけたやり取りは落語チックであり、読んでいて楽しい。しかも盗人の件まで、勘兵衛が穏やかに解決。愉快で気持ちのいい作品なのだ。

「柴胡の糸」梶よう子

御薬園を舞台にした作品を、もうひとつ。ただしこちらは京ではなく、江戸の小石川御薬園だ。そこで御薬園同心をしている、水上草介を主人公にしたシリーズの一篇である。

本郷の通りを歩いていた草介は、銀太という少年が、長屋の差配に叱られている場面に遭遇した。そして銀太に、「父ちゃん。やっぱり帰って来てくれたんだね」と叫ばれ、抱きつかれる。何かと騒動に巻き込まれるのがいかにも草介らしい。母親が御薬園の養生所に入っていることもあり、銀太も御薬園に出入りしている。元気が有り余っているのか、いろいろな騒動を引き起こす。そんな銀太がこだわっているのが、御薬園に群生している柴胡であった。

柴胡とは、セリ科の多年草のこと。根の部分が生薬となる。銀太が柴胡にこだわる理由が、母親のためだということは容易に察せられる。しかしその心中が露わにされる場面にハッとさせられた。子供には理解できないだろという、大人の無意識の侮りに、銀太は抵抗していたのだ。子供の気持ちを鮮やかに掬い上げる、作者の手腕に脱帽。そして最初は嫌な奴に見えた差配の印象の変化にも、またまた脱帽。人間への優しさが息づく物語に、笑みがこぼれてしまうのである。

「安産祈願」諸田玲子

ラストは作者の「お鳥見女房」シリーズから採った。幕府隠密お鳥見役・矢島伴之助の妻の珠世と、その周囲の人々を描いた人気作だ。

本作の中心になっているのは、シリーズでお馴染みの源太夫一家の、末っ子の雪である。源太夫の後妻の多津が臨月であり、珠世たちは出産の準備に追われていた。家族が描いた安産祈願の絵馬を絵馬堂に納めるように頼まれた雪だが、なかなか足が向かず、川の土手に腰を下ろしていた。いままで自分を可愛がってくれた家族を、生まれてくる子に取られたような気持ちになっていたからだ。だが、子供たちに追われる少年にぶつかられ、絵馬を川に落としてしまった。自分の醜い心を知り、後悔する雪を、珠世は優しく慰める。

下の子が生まれたことで、上の子が赤ちゃん返りしたり、我儘（わがまま）になったりする。そんな経験をした親も多いことだろう。雪の心の動きは年相応（そうおう）のものであり、けして責められるべきものではない。そのことを熟知（じゅくち）した珠世の雪への向き合い方に、ホッとさせられた。自分の心を理解し、成長した雪の姿も心地よい。また、雪にぶつかった少年の扱いも見事。本書の締めくくりに相応（ふさわ）しい、幸せな物語である。

人間は誰でも子供時代を持つ。しかし、子供のときの気持ちは、意外なほど忘れてしまいがちだ。そんな人にこそ、本書を手にしてほしい。収録された六篇のどれかに触発され、自分の子供時代を思い出せるはずだから。〝わらべうた〟の調（しらべ）に乗せて、一時、ノスタルジーに浸（ひた）ってもらえたなら、こんなに嬉しいことはない。

（文芸評論家）

出典

「かどわかし」（宮部みゆき『堪忍箱』所収　新潮文庫）
「花童」（西條奈加『連作時代小説　はむ・はたる』所収　光文社文庫）
「初雪の坂」（澤田瞳子『ふたり女房　京都鷹ヶ峰御薬園日録』所収　徳間文庫）
「寝小便小僧」（中島　要『江戸の茶碗　まっくら長屋騒動記』所収　祥伝社文庫）
「柴胡の糸」（梶よう子『桃のひこばえ　御薬園同心 水上草介』集英社文庫）
「安産祈願」（諸田玲子『巣立ち　お鳥見女房』新潮文庫）

本書は、ＰＨＰ文芸文庫のオリジナル編集です。

本文中、現在は不適切と思われる表現がありますが、差別的な意図を持って書かれたものではないこと、また作品が歴史的時代を舞台としていることなどを鑑み、原文のまま掲載したことをお断りいたします。

著者紹介

宮部みゆき（みやべ　みゆき）

1960年、東京都生まれ。87年、オール讀物推理小説新人賞を受賞してデビュー。92年、『本所深川ふしぎ草紙』で吉川英治文学新人賞、93年、『火車』で山本周五郎賞、99年、『理由』で直木賞、2002年、『模倣犯』で司馬遼太郎賞、07年、『名もなき毒』で吉川英治文学賞を受賞。著書に、『きたきた捕物帖』などがある。

西條奈加（さいじょう　なか）

北海道生まれ。2005年、『金春屋ゴメス』で日本ファンタジーノベル大賞、12年、『涅槃の雪』で中山義秀文学賞、15年、『まるまるの毬』で吉川英治文学新人賞、21年、『心淋し川』で直木賞を受賞。著書に「善人長屋」シリーズ、『睦月童』などがある。

澤田瞳子（さわだ　とうこ）

1977年、京都府生まれ。同志社大学文学部文化史学専攻卒業、同大学院前期博士課程修了。2010年、『孤鷹の天』で小説家デビュー。11年、同作で中山義秀文学賞を最年少受賞。13年、『満つる月の如し　仏師・定朝』で新田次郎文学賞、16年、『若冲』で親鸞賞、20年、『駆け入りの寺』で舟橋聖一文学賞を受賞。著書に、『火定』『落花』『星落ちて、なお』などがある。

中島　要（なかじま　かなめ）

早稲田大学教育学部卒業、2008年、「素見（ひやかし）」で小説宝石新人賞を受賞。10年、『刀圭』で単行本デビュー。18年、「着物始末暦」で歴史時代作家クラブ賞シリーズ賞を受賞。著書に、「大江戸少女カゲキ団」シリーズ、『酒が仇と思えども』などがある。

梶よう子（かじ　ようこ）

東京都生まれ。2005年、「い草の花」で九州さが大衆文学賞大賞、08年、「一朝の夢」で松本清張賞、16年、『ヨイ豊』で歴史時代作家クラブ賞作品賞を受賞。著書に、「とむらい屋颯太」シリーズ、『本日も晴天なり　鉄砲同心つつじ暦』『噂を売る男　藤岡屋由蔵』などがある。

諸田玲子（もろた　れいこ）

静岡市生まれ。上智大学文学部英文科卒業。1996年、「眩惑」でデビュー。2003年、『其の一日』で吉川英治文学新人賞、07年、『奸婦にあらず』で新田次郎文学賞、12年、『四十八人目の忠臣』で歴史時代作家クラブ賞、18年、『今ひとたびの、和泉式部』で親鸞賞を受賞。著書に『しのぶ恋　浮世七景』『帰蝶』などがある。

編者紹介
細谷正充（ほそや　まさみつ）
文芸評論家。1963年生まれ。時代小説、ミステリーなどのエンターテインメントを対象に、評論・執筆に携わる。主な著書・編著書に、『歴史・時代小説の快楽 読まなきゃ死ねない全100作ガイド』「時代小説傑作選」シリーズなどがある。

PHP文芸文庫　わらべうた
〈童子〉時代小説傑作選

2021年7月21日　第1版第1刷

著　者	宮部みゆき　西條奈加 澤田瞳子　中島　要 梶よう子　諸田玲子
編　者	細　谷　正　充
発行者	後　藤　淳　一
発行所	株式会社ＰＨＰ研究所

東京本部　〒135-8137 江東区豊洲5-6-52
第三制作部　☎03-3520-9620（編集）
普及部　☎03-3520-9630（販売）
京都本部　〒601-8411 京都市南区西九条北ノ内町11

PHP INTERFACE　https://www.php.co.jp/

組　版	朝日メディアインターナショナル株式会社
印刷所	図書印刷株式会社
製本所	東京美術紙工協業組合

ISBN978-4-569-90143-5

PHP文芸文庫

あやかし

〈妖怪〉時代小説傑作選

宮部みゆき、畠中 恵、木内 昇、霜島ケイ、小松エメル、折口真喜子 著／細谷正充 編

いま大人気の女性時代小説家による、アンソロジー第一弾。妖怪、物の怪、幽霊などが登場する、妖しい魅力に満ちた傑作短編集。

PHP文芸文庫

なさけ

〈人情〉時代小説傑作選

宮部みゆき、西條奈加、坂井希久子、志川節子、田牧大和、村木 嵐 著／細谷正充 編

いま読むべき女性時代作家の極上の名短編！　親子の情、夫婦の絆など、市井に生きる人々の悲喜こもごもを描いた時代小説アンソロジー。

PHP文芸文庫

まんぷく

〈料理〉時代小説傑作選

宮部みゆき、畠中 恵、坂井希久子、青木祐子、
中島久枝、梶よう子 著／細谷正充 編

話題の女性時代作家がそろい踏み！ 江戸の料理や菓子をテーマに、人情に溢れ、味わい深い名作短編を収録した絶品アンソロジー。

PHP文芸文庫

ねこだまり

〈猫〉時代小説傑作選

宮部みゆき、諸田玲子、田牧大和、折口真喜子、森川楓子、西條奈加 著／細谷正充 編

可愛らしくもときに恐ろしい、江戸の魅力的な猫が勢ぞろい！　いま読んでおきたい女性時代作家が競演する珠玉のアンソロジー。

PHP文芸文庫

もののけ

〈怪異〉時代小説傑作選

宮部みゆき、朝井まかて、小松エメル、三好昌子、森山茂里、加門七海 著／細谷正充 編

人気女性時代作家の小説がめじろ押し！恐ろしくもときに涙を誘う、江戸の怪異を描いた傑作短編を収録した珠玉のアンソロジー。

PHP文芸文庫

桜ほうさら（上）（下）

宮部みゆき 著

父の汚名を晴らすため江戸に住む笙之介の前に、桜の精のような少女が現れ……。人生のせつなさ、長屋の人々の温かさが心に沁みる物語。

PHP文芸文庫

〈完本〉初ものがたり

宮部みゆき 著

岡っ引き・茂七親分が、季節を彩る「初もの」が絡んだ難事件に挑む江戸人情捕物話。文庫未収録の三篇にイラスト多数を添えた完全版。

PHP文芸文庫

睦月童（むつきわらし）

西條奈加 著

「人の罪を映す」目を持った少女と、失敗続きの商家の跡取り息子が、江戸で起こる事件を解決していくが……。感動の時代ファンタジー。

PHP文芸文庫

火定（かじょう）

澤田瞳子 著

天然痘が蔓延する平城京で、感染を食い止めんとする医師と、混乱に乗じる者は——。直木賞・吉川英治文学新人賞ダブルノミネート作品。

帰蝶（きちょう）

諸田玲子 著

斎藤道三の娘で織田信長に嫁いだ帰蝶（濃姫）。その謎多き人生に大胆に迫り、女の目線から信長の天下布武と本能寺の変を描いた衝撃作。